Angenadelt

Der kleine Krimi aus Rhede

Eva Bennemann

Eva Bennemann

Angenadelt

Krimi

Bibliografische Information der Deutschen Nationalbibliothek:
Die Deutsche Nationalbibliothek verzeichnet diese Publikation in der
Deutschen Nationalbibliografie; detaillierte bibliografische Daten
sind im Internet über http://dnb.dnb.de abrufbar.

© 2021 Eva Bennemann

Covergestaltung: Eva Bennemann

Herstellung und Verlag: BoD – Books on Demand, Norderstedt

ISBN: 978-3-7557-5561-6

ANGENADELT

Von

Eva Bennemann

Kapitel 1 – Donnerstag

Hallo, ich will mich erst einmal vorstellen. Ich bin die Inge, eigentlich Ingeborg, aber wer mich so nennt, hat es bei mir vermasselt. Ich bin 66 Jahre alt, komme aus dem Erzgebirge, aus einem kleinen Dorf in der Nähe der schechischen Grenze und wohne seit ein paar Monaten im Münsterland. Nach dem Tod meines Mannes, dem Klaus, hatte mich mein Sohn Sven gefragt, ob ich nicht zu ihm nach Chemnitz ziehen möchte, jetzt da ich Rentnerin bin. Ganz ehrlich, hinterm Nischel – pardon, hinterm Karl-Marx-Kopf, wollte ich nicht wohnen, und die Peggy, seine Frau, mochte ich noch nie richtig leiden (hoffentlich liest sie das jetzt nicht). Dann hat mich die Anja, meine Tochter aus zweiter Ehe, gefragt, ob ich nicht zu ihr nach Rhede ziehen möchte. Sie war da gerade dabei, mit ihrem Mann Alex, nach einem Haus zu schauen. Sie war nämlich schwanger und die Wohnung wurde somit zu klein für drei. Also hab ich was beigesteuert, damit das Geld für ein Haus mit einer schönen, kleinen Einliegerwohnung reicht und habe mich voriges Jahr, im Herbst 2019, in den Westen aufgemacht.

Das war eine ganz schöne Umstellung in meinem Alter, dass könnt ihr mir glauben. Dieses Plattdeutsch hier und ich mit meinem Sächsisch. Stellt Euch vor, da bin ich beim Bäcker und die Verkäuferin sagt, ich solle doch die Tüte loslassen, die Brötchen sind noch heiß, und als ich vor Schreck die Tüte fallenlasse, gucken mich alle doof an. Tja, mittlerweile weiß ich, dass die Eingeborenen hier die Türen und Fenster los- und nicht aufmachen.

Tagsüber passe ich oft auf die kleine Emma auf, da meine Tochter schon wieder stundenweise im Büro arbeitet. Dann gehe ich mit ihr durch den Mehrgenerationenpark am Krankenhaus oder über den Friedhof, da ist es so schön ruhig. Aber man muss ganz schön aufpassen, ich sag euch, der Friedhof ist Rhedes bester Heiratsmarkt für die ältere Generation und mal ehrlich, ich habe zwei Männer unter die Erde gebracht, einen dritten will ich nicht mehr, ich weiß jetzt wie der Hase läuft, nee. Letzte Woche habe ich dort den Walther kennengelernt und ein

Schwätzchen mit ihm gehalten – das wäre schon ein klasse Mann, ich schweife ab...

Wenn ich Lust habe, gehe ich auch zur Messe in die schöne St.-Gudula-Kirche und ab und an zu den Evangelen, allerdings nicht zu oft, sonst wollen die mich bestimmt gleich aufnehmen. Ein bisschen Kirche ist schon okay, aber ich komm ja auch der DDR, da hatten wir es nicht so mit dem Glauben.

Wenn ich die beiden Kirchen vergleiche, finde ich die evangelische Kirche ist die gemütliche Wohnküche des Hauses. Ein bisschen abgewetzt, mit dem Charme der 70-er Jahre, aber gemütlich. Man trifft sich auch mal zum Essen und Trinken. Sogar ich hab schon ein- oder zweimal ein Schwätzchen mit Jesus am Kreuz gehalten. Die gotische St.-Gudula-Kirche ist dagegen die „Gute Stube". Man geht automatisch ehrfürctig rein, bemüht nichts dreckig oder unordentlich zu machen. Sie ist der unbestrittene Mittelpunkt von Rhede, alles andere ist schmückendes Beiwerk. Ich werd gleich ganz pathetisch, aber sie ist einfach wunderschön.

Ich freue mich immer auf den Handarbeitskreis in der Evangelische Gemeinde, wir sind 10 Damen, das ist immer ganz schön und man muss ja unter die Leute kommen. Da sind die Helga, die Gudula und die Käthe, Rheder Urgestein um die 80. Die Hanna, Marianne und die Irmgard aus Schlesien so Mitte 70. Die Patrizia ist bestimmt Ende 50, die geht nicht arbeiten, hat sie wohl nicht nötig und wahrscheinlich ist ihr langweilig. Die Franziska ist ungefähr genauso alt, ne ganz ruhige, nette Person, gebürtig aus Ostpreußen. Schließlich ich und die Frieda, die kommt aus dem Ruhrpott. Sie war meine erste richtige Freundin hier und meine Nachbarin, die hat mich mitgenommen. Als ich Frieda das erste mal sah, dachte ich, unsere Margot Honecker ist wieder auferstanden. Sie hat ihre Frisur und Haarfarbe (weiß mit violetten Stich), aber glücklicherweise in wahnsinnig lieb, nicht wie der lila Drache des Ostens. Wir stricken und häkeln zusammen, trinken Kaffee oder auch mal ein Gläschen Wein oder nen Eierlikör – dann wird's immer ganz lustig, vor allem wenn diese Trantüte Patrizia nicht dabei ist.

Letztens hatte die Helga Geburtstag und hat uns eine Rheder Ampel mitgebracht. Wer es nicht kennt: das sind eigentlich 3 Flaschen Likör in einer und zwar Schlehe, Anis und Pfefferminz. Das trinkt man dann entweder von rot nach grün (Wer an dem Abend noch was vorhat) oder von grün nach rot (wenn man nach Hause will). Ich trink immer von grün nach rot, weil ich Pfefferminz nicht mag, da ist mir in meiner Jugend immer sooooo schlecht geworden... das führe ich hier bei euch nicht weiter aus, da schäm ich mich. Hach, ich bin das trinken ja nicht mehr so gewohnt, ich kann euch sagen, am nächsten Tag musste ich meine ganze Socke wieder aufmachen, so einen Quatsch hatte ich zusammengestrickt. Momentan habe ich einem Poncho für die Anja angenadelt, dafür hab ich mir extra neue, teure Nadeln bei Bitterhoff gekauft, die stricken fast von alleine.

Gestern hatten wir Handarbeitskreis, es war wieder ganz gemütlich. Über dieses komische Corona haben wir geredet, so ein neues Virus aus China, manche sagen, es wäre nur eine Grippe. Ich weiß nicht so recht, bis hierher kommt das ja eh nicht, aber ich schweife schon wieder ab. Auf jeden Fall gehe ich danach nach Hause und merke, dass ich doch tatsächlich eine von den guten Nadeln liegen gelassen habe. Da es schon dreiviertel zehn war, Moment nach westdeutscher Zeit viertel vor zehn, wollte ich sie erst am nächsten Tag holen.

Gesagt, getan: ich gehe heute morgen los, mit dem Fahrrad traue ich mich noch nicht so recht, bin ja zu Hause nie gefahren, und treffe an der Tür auf die Putzfrau. Na so ein Glück, sag ich mir noch – ich erzähle ihr alles und sie schließt uns die Tür auf. Wir gehen zusammen rein und wundern uns, weshalb unter der Tür ein roter Fleck durchgelaufen ist. De Mardina macht de Dier auf un uns hauds fei aus de Bandoffeln, su dod liecht de Batrizia auf'n Fußbodn. Oh Entschuldigung, wenn ich nervlich sehr angespannt bin, verfalle ich ins Erzgebirgische. Also nochmal: Die Martina macht die Tür auf und uns haut es glatt aus den Pantoffeln, so tot liegt die Patrizia auf dem Fußboden und zuckt nicht mehr. Mit einer Stricknadel im Hals und um sie rum eine große Blutlache, nix rote Farbe, echtes Blut! Vorsichtig, um nicht hinein zu tapsen, gehe ich näher ran. Ich muss mir das genau anschauen. Das ist meine Nadel, genau die hab ich gestern liegengelassen. Ich hab mich nämlich mal aus Versehen draufgesetzt und sie leicht verbogen. Jetzt steckt sie der Patrizia im Hals! Ich mochte sie ja nicht gut leiden, weil sie immer schlechten Sinn hatte, aber tot und noch dazu ermordet, weil die Nadel ihr ja nicht von allein in den Hals gefallen sein kann, nee das geht ja gar nicht, die Arme.

Und das hier im beschaulichen Rhede, da hätte ich auch nach Chemnitz ziehen können.

***

Kapitel 2 – Freitag

Wir stehen eine ganze Weile so da, total verdattert, bis Martina schließlich sagt: „Wej mutt de Putzen roopen!".

„Hääh, du kannst jetzt doch nicht Putzen?" sag ich.

„Wir müssen die Polizei rufen" übersetzt sie mir.

Ja, natürlich, denk ich mir noch so, da hätte ich auch selber drauf kommen können. Wir holen also schnell das Telefon aus der Küche, nicht ohne einen riesigen Bogen um die mausetote Patrizia zu machen. Martina wählt und spricht mit den Bu.... der Polizei. Wir sollen nichts anfassen (ist doch klar, ließt man ja in jedem Krimi) und auf das Einsatzfahrzeug aus Bocholt warten, der Rettungswagen kommt auch gleich, sagen sie. Ich glaub ja nicht, dass der noch gebraucht wird, aber die werden schon wissen, was zu tun ist.

Es dauert höchstens eine viertel Stunde, da sind sie auch schon auf dem Kirchenvorplatz, mit Blaulicht und Tatütata. Ich muss euch sagen, jetzt werden mir die Beine noch weicher, aber die Beamten sind sehr nett und einer setzt sich erst einmal mit uns in den großen Kirchraum. Unsere Personalien werden aufgenommen und dann erzählen wir ihnen alles, was ich Euch auch schon erzählt habe. Der zweite Beamte kommt zu uns und teilt uns mit, dass es nach einem Gewaltverbrechen aussieht und sie die Kriminalpolizei aus Münster benachrichtigen.

Oh, aus Münster! Hoffentlich kommt der Herr Wilsberg! Ach nee, denk ich im selben Augenblick, der ist ja aus dem Fernsehen, und außerdem auch nur Privatdetektiv. Schade, den hätte ich gerne kennengelernt, dass ist so ein toller Mann. Der Polizist fragt noch, ob einer von uns weiß, wem die Stricknadel gehört. Das ist jetzt natürlich doof, ich sage ihnen aber sofort, dass das höchstwahrscheinlich meine Nadel ist.

Putzen darf die Martina natürlich nicht, sie gibt den Beamten aber die Nummer unserer Pfarrerin, der Frau Kleine-Vehne. Für alle, die nicht aus dem Münsterland kommen: dass ist ein ganz normaler Nachname hier, kein Doppelname, ich habe mich auch gewundert am Anfang. Bei uns in Sachsen heißt man Meyer, Müller, Schulze, aber hier ist das etwas komplizierter. Sie fragen uns, ob wir es nach Hause schaffen oder zu durcheinander sind. Hach, sind das nette Männer... Wir sagen, dass wir es allein schaffen und sie wollen alles mit der Frau Pfarrerin klären. Die Kollegen aus Münster kommen ganz sicher auf uns zu. Ja natürlich, ich hab ja auch das Mordinstrument noch mehrfach zu Hause! Nee, ist das gruselig. Und womit soll ich jetzt weiterstricken, mir fehlt eine Nadel! Nicht dass ich das im Moment könnte, ich zittere ja wie ein Blatt im böhmischen Wind (sagt man so bei uns), aber der Poncho muss ja fertig werden. Dann muss ich wohl nochmal zu Bitterhoff, aber heute nicht, dass bekomme ich nicht hin.

Martina will nicht mit ihrem Fahrrad fahren, sie meint, sie würde bestimmt noch einen Unfall bauen, wenn sie sich drauf setzt. Sie schiebt es lieber. So gehen wir noch bis zum „Blues" zusammen, das ist eine tolle Kneipe für die jungen Leute, für mich ist das ja nichts mehr. Ich muss zum Komponistenviertel und sie wohnt irgendwo bei „Juniors Blumen". Die ist total durcheinander, die Ärmste. Kann man ja verstehen, man findet ja nicht alle Tage eine Leiche. Reden tun wir nicht mehr viel, jeder hängt seinen Gedanken nach... Ich gehe jetzt nach Hause, der Alex ist mit Emma daheim, er hat 2. Schicht bei Flender und die Anja kommt zum Mittagessen aus dem Büro.

Zuerst klingle ich bei Alex, er kommt mit der Kleinen auf dem Arm an die Tür. Das Mäuschen freut sich und will natürlich gleich zu ihrer Oma auf dem Arm. Mein Schwiegersohn fragt mich beunruhigt, wieso ich so blass bin. Bei einer Tasse Kaffee und einem „drabbigen Anis" (dass muss jetzt sein, normalerweise trinke ich vormittags noch keinen Schnaps) erzähl ich ihm alles.

Er sagt, dass es in Rhede schon einmal einen Doppelmord gab, dass ist so eine traurige Geschichte, die möchte ich euch jetzt lieber nicht erzählen. Ich will ja hier keine Werbung machen, aber wenn ihr den „Drabbigen Anis" nicht kennt, den müsst ihr probieren, der hilft über vieles hinweg. Jetzt bin ich langsam wieder etwas bei mir und sag dem Alex, dass ich heute für uns alle koche und zwar „Gewiechtsklieseln mit Ardebbelbrei". Er guckt mich schon wieder leicht irritiert an, bis ich merke, dass ich wieder erzgebirgisch gesprochen habe, „Ich mache Frikadellen mit Kartoffelstampf" erkläre ich ihm. Dass findet er gut, vor allem weil ich ein gutes Kilo Gehacktes habe, da kann er sich noch welche zur Arbeit mitnehmen, und meine Gewie... Frikadellen sind die besten, dass muss mal gesagt werden. Also bekommt er die Emma wieder überreicht und ich verschwinde gleich durch die Verbindungstür in meine Wohnung. Da dreh ich ganz laut dem Udo Lindenberg seine neue CD auf, von ihm bin ich nämlich schon immer ein großer Fan. Ich war auch zu einem seiner Konzerte in Chemnitz in den 90ern, das war ganz toll, da denke ich noch gern dran. Der Udo war ja auch schon in der DDR, vor ausgewähltem Publikum, hat dem Honecker ne Lederjacke geschenkt und der ihm ne Schalmei. Er war unser Held mit seinem „Sonderzug nach Pankow", man hat es sich nur nicht getraut, es laut zu sagen. Da wäre man kein guter DDR-Bürger mehr gewesen... Das ist ja jetzt glücklicherweise schon viele Jahre erledigt. Und so koch ich vor mich hin, singe laut mit, um mich abzulenken.Trotzdem ist das einzige was mir durch den Kopf geht:

„Wer hat die Patrizia auf dem Gewissen?

***

Kapitel 3 – immer noch Freitag

Das Mittagessen ist vertilgt, wir haben auch der Anja alles erzählt und die war richtig schockiert, das könnt Ihr mir glauben. Ich bin fertig mit den Nerven, lege mich erstmal für ein Stündchen aufs Ohr. Geweckt werde ich von der Türklingel. Das wird doch nicht etwa... Als ich die Tür öffne, noch verwurschtelt vom Schlafen, steht da ein Mann im mittleren Alter und eine junge Frau. Sie stellen sich als Kriminaloberkommissarin Evelyn Hülskamp und Kriminalhauptkommissar Harald Wohlbeck vor. Ach Herrje, ich fühl mich sofort schuldig, obwohl ich gar nichts gemacht habe. Schon geht wieder mein Dialekt mit mir durch:

„Nu kummse erschtmol mit in de Kiech, ich mach uns ä scheenes Dibbel Kaffee!" Verdutzte Blicke. „Entschuldigung, wenn ich nervös bin, wechsle ich automatisch ins Erzgebirgische", erkläre ich und übersetze „Kommen Sie erst einmal mit in die Küche, ich mache uns eine schöne Tasse Kaffee".

Jawohl, jetzt habe ich mich wieder im Griff. Würde ja gern noch ein Schnäpschen zum Kaffee – nein, das geht gar nicht. Ich erzähle den beiden Kriminalbeamten alles, was ich schon den Polizisten berichtet habe.

„Ja Frau Schneider, was können Sie uns denn noch über die Tote, Frau Patrizia Westerhoff, sagen? Sie kannten sie doch?"

Huch, so eine Frage „Tja, eigentlich kannte ich sie nicht wirklich. Ich lebe ja erst ein Vierteljahr in Rhede. Ich habe Frau Westerhoff nur einmal in der Woche beim Handarbeitskreis getroffen. Sie war sehr ruhig und verschlossen, schon fast ablehnend." sag ich so.

„Dann konnten Sie sie nicht gerade gut leiden?" Ich werde tomatenrot, „Ja, äh nein – das kann ich so nicht sagen. Naja, eigentlich mochte ich sie nicht" gebe ich dann doch zu. Man darf die Polizei nicht anflunkern. „Aber wenn ich jeden umbringen würde, den ich nicht mag, hätte ich ganz schön viel zu tun, und ich müsste mir ständig neue Stricknadeln kaufen!"

Im Mundwinkel von Frau Hülskamp zuckt es. „Nein, Frau Schneider, dass haben wir auch nicht behauptet. Machen Sie sich keine Sorgen. Wir sammeln nur so viel Hintergrundwissen über Frau Westerhoff, wie möglich", sagt sie schnell.

Ihr Chef verzieht keine Miene, so ein Muffel!

„Ich weiß nur, dass sie alleine lebte und nicht arbeiten ging. Ihr Eltern haben wohl in Rhede einiges an Grund verkauft, auf dem dann ein Neubaugebiet entstanden ist. Als einziges Kind hat sie anscheinend ordentlich geerbt und jetzt lebt sie davon, hab ich so gehört. Ich glaube, sie hat nur ab und zu ehrenamtlich in der St.-Gudula-

Bibliothek gearbeitet. Ich kann Ihnen noch nicht mal sagen, wo Patrizia gewohnt hat".

Jetzt meldet sich der Hauptkommissar zu Wort: „ Fürs erste war es das. Danke Frau Schneider, wir melden uns bei Ihnen, wenn wir noch Fragen haben!"

Und Tschüss, weg sind sie! Hach nee, ist das eine Aufregung! Jetzt brauch ich aber wirklich einen Schnaps. Ihr müsst verstehen, dass schwere Mittagessen und die ganze Aufregung, da passt ein „Griebittrer", dass ist eine erzgebirgische Spezialität. Trink ich nicht zum Vergnügen, ist pure Medizin, so ein „Lauterbacher Tropfen", ein giftgrüner Magenbitter.

So, jetzt geht's mir besser. Zufällig guck ich aufs Handy, elf WhatsApp-Nachrichten. Wir Handarbeitsmädels sind ja nicht von vorgestern. Wir haben eine WhatsApp-Gruppe, das Internetz ist ein wahrer Segen! Was man da alles machen kann. Kostenlos Strickmuster rausladen, Wolle bestellen, schnell mal was übers Telefon mit den anderen ausmachen. Das unsere Patrizia „von uns gegangen worden" ist, hat schon die Runde gemacht. Alle sind wahnsinnig aufgeregt und wollen natürlich wissen, was die Martina und ich gesehen haben. Deshalb wird gefragt, ob wir uns nicht morgen am Sonnabend zum Frühstücken beim „Kaffeefleck" treffen wollen. Franziska hat schon vorsorglich einen Tisch reserviert, ich sage gleich zu. Wird bestimmt ein leckeres Frühstück und nett wie immer. Auch wenn der Anlass eher nicht so nett ist...

***

Kapital 4 – Samstag

Was hab ich für einen Schmacht! Das Wort hab ich vom Platt in meinen Jargon übernommen, frau muss ja auch neue Sachen lernen. Ich glaub ihr könnt mir folgen und wisst, dass ich total hungrig bin. Ich esse immer spätestens halb acht ein leckeres Brötchen von Stenneken, aber heute muss ich bis 9.00 Uhr warten.

Endlich fahre ich mit meinem neuen Fahrrad zum „Kaffeefleck". Nach viel Rumgewackel auf dem Drahtesel komme ich schließlich heil an. Das muss ich echt wieder üben. Die Kinder hier kommen ja praktisch mit einem Rad unterm Popo zur Welt! Beinahe hätte ich ein paar Senioren (also richtig alte) umgekegelt und parke dann etwas übereilt an einer Hecke... Puhhh, jetzt hab ich mir mein Dibbel Kaffee verdient. Die Helga und die Marianne sitzen schon da, als mich die Chefin, Claudia, begrüßt. Die anderen kommen auch in den nächsten Minuten und wir suchen uns erstmal ein richtig leckeres Frühstück aus. Dann berichten alle der Reihe nach, wie gestern die Kripo-Beamten bei Ihnen vor der Tür standen, sehr viel Neues hatten meine Damen ihnen ja nicht zu berichten. Beim Essen erfahre ich, dass die Patrizia in Krechting gewohnt hat.

Gudula erzählt: „Dö Moder von Patrizia dej kümp van Bur, dor sitt got old Speck"!

„Häähh?" frag ich nur.

Käthe übersetzt, „Die Mutter von Patrizia kommt von einem Bauern, der ordentlich Geld hatte. Sie haben einiges an Grund verkauft, für ein Neubaugebiet. Patrizia hat ihre Eltern an den Tod gebracht und mußte nicht noch arbeiten".

Also hier gibt es Ausdrücke, nee, ich fass es nicht! Sie hat ihre Eltern zu Hause gepflegt, bis sie gestorben sind – übersetze ich Euch mal. Ich bin jetzt richtig erleichtert, dass ich den Polizisten die Wahrheit gesagt habe. Verwandte hat sie wohl nicht mehr in Rhede. Aber sogar Käthe, Gudula und Helga, die ihr Leben lang hier wohnen, wissen nicht wirklich mehr von ihr. Also wir sind ja nicht neugierig – aber wir wüssten schon gern mehr!

„Ich guck gleich mal im Internetz" sag ich so.

Prompt werde ich von der Irmgard verbessert: „Aber Ingeborg, dass heißt doch Internet"

Ich kann euch sagen, dass ist eine ganz schöne Klugsch.... - ich sag das jetzt nicht, Ihr wisst schon was ich meine!

„Ich vermähr das immer, ich weiß wie das heißt und für dich bin ich Inge!" sag ich und denke: „Wenn du weiter deine Kaasnabbeln so rausschraubst, kann man sie dir abhaun!" Das versteht ihr jetzt sicher nicht, ich meen de Guggln, ja, Mensch, die Äuglein halt. Wie ihr bestimmt schon bemerkt hab, sind wir uns nicht so grün. Irmgard erinnert mich an Fräulein Rottenmeier. Grauer praktischer Pagenkopf, sehr schlank um nicht dünn zu sagen, schaut eigentlich immer verkniffen drein. Naja, vielleicht brauch ich einfach etwas länger, um ihr goldenes Herz zu entdecken. Also schau ich schnell im INTERNET (!!!), aber da gibt es auch nur die Telefonnummer und die genaue Anschrift. Die Marianne stellt fest, dass sie in der Nachbarschaft von Patrizia eine Freundin wohnen hat.

„Die schreibe ich mal an über WhatsApp, dass ist ne ziemliche Quatschtante, wenn die nicht mehr weiß – dann niemand".

Schwupp, ist die Nachricht raus. Bald kommt die Antwort von Erna, dass Marianne und ich, sie gern heute zum Kaffeetrinken besuchen können. Marianne hatte ihr gleich geschrieben, dass ich die Patrizia gefunden habe. Als wir alles restlos verputzt haben, verabschieden uns von einander. Ich muss noch schnell zum REWE. Will einen schönen Linseneintopf kochen und brauch noch einige Zutaten.

Als ich vor der Fleischtheke stehe, hab ich schon wieder Verständnisprobleme „ ich hätte gern 4 Knacker" verlange ich. Die Verkäuferin legt mir doch tatsächlich Bockwürstchen auf die Waage.

„Nein ich hätte gerne die hier" sag ich und zeige auf meine Wunschwurst.

„Sie meinen die Mettwürste?"

Jetzt bin ich komplett überfordert, mein Gesicht ist ein einziges Fragezeichen. Schließlich stellen wir fest, im Erzgebirge sagen wir Mettwurst zur hiesigen Teewurst und unsere Knacker werden hier Mettwurst genannt. Ist das kompliziert, ob ich mir das merken kann...

Wieder zu Hause mach ich ein kleines Nickerchen, bevor ich die Linsensuppe koche. Schon ist es Zeit für unsere Nachmittagsverabredung. Die Marianne holt mich mit dem Auto ab. Ein Glück, dass ich zu Mittag fast nichts gegessen habe, so eine richtige westfälische Kaffeetafel ist reichhaltig. Die Erna hat uns einen Kuchen gebacken und es gibt herzhafte Schnittchen. Als ich ihr erzähle, wie ich die Patrizia gefunden habe, ist sie ziemlich verdattert.

„Das die Arme so sterben musste, die hat doch niemandem was getan. Patrizia war schon sehr ruhig und meist für sich. In der Bibliothek hat sie bisschen mitgeholfen. Am Wochenende war sie oft in Gronau.“

„In Gronau, wieso denn das?“ fragt Marianne nach.

„Da wohnt ihre Tante Lissi, sie kümmert sich ein bisschen um sie. Lissi kam ab und an zu ihr nach Rhede. Die hat sonst niemanden. Aber sehr viel mehr, kann ich nicht über sie sagen. Außer bei eurer Handarbeitsgruppe war sie nicht viel unter Leuten."

Wir verabschieden uns recht bald und fahren nach Hause. „Es würde mich ja schon interessieren, was Ihre Tante von der Patrizia hält. Wenn sie so oft bei Ihr war, kennt sie sie ja am besten" sag ich zur Marianne.

„Ja, das würde mich auch interessieren, lass uns doch morgen mal hinfahren, da können wir auch ins Rock- und Popmuseum gehen."

„Oh ja, kommt nicht der Udo Lindenberg aus Gronau?" frag ich.

„Ja, da steht sogar eine Statue von ihm", erklärt sie mir. Wir schreiben alle Neuigkeiten in die Handarbeitsgruppe. Gudula und meine Freundin Frieda wollen mit.

Das wird lustig. Wir vier auf Damenausfahrt. Hach ne, kriminalisieren ist echt spannend!

***

<u>Kapitel 5 - Sonntag</u>

Patrizia sitzt, ein Lied summend, auf ihrem Stuhl im Paul-Gerhardt-Haus. Ich sitze ihr gegenüber, stricke und überlege, was sie da vor sich hin summt. Jetzt weiß ich es, „Wenn es Raachermannel naabelt"! Wie kommt eine Rhedenserin auf ein erzgebirgisches Weihnachtslied? Ich schaue sie verdutzt an, sie wird still und flüstert dann: „Inge, hilf mir, es tut so weh!" Jetzt erst fällt mir auf, dass meine Stricknadel in ihrem Hals steckt und das Blut langsam aber stetig an ihr herunterläuft... Ich wache schreiend auf.

Schweißgebadet und am ganzen Körper zitternd, schau ich auf den Wecker. 6.00 Uhr, jetzt trau ich mich nicht mehr, die Augen zu zumachen. Nee, dann kann ich auch aufstehen und mir einen Kaffee kochen. Ein Glück, dass nicht ich nach Gronau fahren muss. Die Frieda will uns kutschieren, mich um neun an der Haustür einsammeln. Da hab ich jetzt wenigstens genug Zeit um wieder zu mir zu kommen. Also Duschen, Haare machen, bisschen Farbe ins Gesicht – ich bin weiß wie 'ne Wand. Als ich pünktlich an der Tür stehe, fährt die Frieda vor. Neben ihr sitzen Gudula, Marianne und leider auch noch Irmgard. Die begrüßt mich quietschvergnügt und meint

„Ich dachte mir, Irmgard, fahr mal lieber mit, du kannst bestimmt behilflich sein!"

Na suuuper, denk ich, sag aber nichts. Die Irmgard war früher Lehrerin. Das Bedürfnis, andere ungefragt zu unterweisen, hat sie leider nicht abgelegt. Frieda fährt ganz gemütlich. Wir überlegen, wie wir vorgehen.

„Hast du schlechten Sinn?", fragt mich Irmgard.

Ich erzähle den anderen von meinem Albtraum.

„Oh, du Arme!" bedauern mich die Damen.

Ich würde gern noch ein paar Reihen stricken, wir sind ja ne gute Stunde unterwegs, aber das muss ich leider lassen, sonst wird mir schlecht. Das Problem hab ich immer beim Autofahren, früher im Trabi war das noch schlimmer. Ich kann euch sagen, da hatte ich manchmal richtig Panik. Endlich stehen wir vor Tante Lissis Haus, sie wohnt etwas außerhalb der Stadt. Wir klingeln und klingeln – niemand macht auf. Komisch, am Sonntagvormittag keiner zu Hause, vielleicht ist sie noch in der Kirche, denk ich.

Da ruft Gudula, „Kommt mal her, lasst uns mal hinten rumgehen!"

Gudula sieht überhaupt noch nicht wie 80 Jahre aus. Groß und schlank ist sie, geht mit ihrem flotten, hellblonden Kurzhaarschnitt glatt für 75 durch.

„Das geht nun wirklich nicht, Gudula!" kommt natürlich von der Irmgard.

„Vielleicht hört sie ja das Klingeln nicht, oder ihr ist was passiert, lasst uns mal schauen, nur ganz kurz!" verteidigt sich Gudula.

Frieda ist mit mir und der Marianne schon an der Hintertür. Irmgard stellt sich noch ein bisschen an, kommt dann aber nachgeschlichen. Wir gehen durchs Gartentörchen, alles wirkt verlumbert ähh verlottert. Im Garten ist schon länger nichts getan worden, das Haus sieht irgendwie unbewohnt aus.

Plötzlich kommt ein „Hach, was haben wir denn hier?" von der Irmgard. „Schaut euch das an, wenn das nicht Marihuana ist." Sie deutet auf ein paar vertrocknete Stängel mit gezackten Blättern in einem Beet.

„Woher willst du das wissen? Das ist doch bestimmt irgendeine vergammelte Blume vom Sommer." antwortet Marianne.

Schon geht es los: „Das weiß ich genau, da ich früher Biologielehrerin war und mein Steckenpferd die Botanik ist. Das sind eindeutig Hanfpflanzen, umgangssprachlich auch als Cannabis, Gras, Weed, Pot, Ganja oder Mary Jane bekannt", fängt sie an zu dozieren.

„Aber das ist doch verboten, wenn das die Polizei sieht. Bist Du dir ganz sicher, Irmgard?"

„Natürlich, Marianne!"

Marianne guckt ganz verschreckt. Sie ist ziemlich quadratisch gebaut. Mit ihrem herzförmigen Gesicht und ihren Bambiaugen, umrahmt von hellbraunen Löckchen sieht sie wie ein schüchternes Mädchen aus. Plötzlich ein Krachen und Splittern von der Hintertür, gepaart mit einem spitzen Schrei! Ich bekomme fast einen Herzinfarkt, so erschrecke ich mich. Die Gudula sitzt auf ihrem Hinterteil, neben ihr ein umgefallener Gartenstuhl.

Ein zerbrochener Übertopf – daneben ein Schlüssel... Sie krabbelt auf allen Vieren zum Schlüssel und erhebt sich stöhnend.

„Musst du uns so erschrecken, dass hat ja ganz Gronau gehört!" meckert die Irmgard.

„Entschuldigt, aber das mit den Drogen hat mich umgehauen. Hätte ich nicht gedacht von dieser Lissi, auch nicht von unserer Patrizia. Aber wenn wir jetzt schon einen Schlüssel gefunden haben, können wir ja -"

„Nein, können wir nicht, das wäre eine Straftat, Einbruch - dann kommen wir alle in den Knast!" schimpft die sonst ruhige Marianne.

Frieda legt ihr beruhigend eine Hand auf die Schulter, „Aber wenn wir einen Schlüssel haben, ist es doch kein Einbruch. Vielleicht liegt sie krank im Haus und wir können ihr helfen."

Damit hat sie uns alle überredet. Gudula schließt auf, wir schleichen im Gänsemarsch hinter ihr her.

„Haaalllooo, Frau Holtkamp, sind sie zu Hause? Wir sind Freundinnen Ihrer Nichte" flüstert Gudula.

Keine Antwort. Unschlüssig bleiben wir im Hausflur stehen. Plötzlich kommt von der Hintertür eine Stimme: „Was machen Sie denn da?"

Wir zucken zusammen, drehen uns um. Eine ältere Dame steht vor uns. Ich stelle uns vor und erkläre ihr, dass wir die Lissi Holtkamp besuchen wollen. „

Aber die Lissi ist doch schon vor zwei Monaten verstorben!" teilt sie mit.

„Hää, dos glaab iech jez nich, dos ko doch net woar sei". Alle Blicke wandern zu mir, „ Oh sorry, ich hab wieder erzgebirgisch geredet."

„Kommen Sie doch auf ein Tässchen Kaffee zu mir, ich wohne gleich gegenüber", lädt uns die Dame ein.

Als wir wenig später bei ihr in der guten Stube sitzen, erzählt sie, dass die Lissi inoperablen Darmkrebs hatte, ihre Nichte Patrizia sie übers Wochenende besuchen kam und ihr geholfen hat, wo es ging. Sie geht davon aus, dass Patrizia auch das Haus geerbt hat, da sie immer noch Freitagabend kommt und Sonntags wieder wegfährt. Dieses Wochenende ist sie nicht hier, sagt sie noch. Jetzt sind wir an der Reihe ihr zu erzählen, warum die Patrizia jetzt nie mehr kommen wird. Die arme Frau, Heidi Terörde heißt sie, muss sich am Tisch festhalten, so schockiert ist sie.

Irmgard meldet sich zu Wort „Wissen Sie, dass im Garten Marihuanapflanzen stehen?"

„Marihuana, hier bei ihr im Garten? Nein, das weiß ich nicht, aber wird das nicht auch zur Schmerzlinderung genommen?" fragt Frau Terörde.

Sofort doziert die Frau Lehrerin wieder: „Man kann von der Hanfpflanze die Blätter, Blüten und auch die Blütenstände trocknen und als Rauschmittel oder auch als Arznei zur Schmerzlinderung bzw. zur Schmerzbetäubung verwenden."

„Aaahh" macht Frau Terörde nur noch.

„Wir würden halt gern herausbekommen, warum Patizia ermordet wurde" merkt Marianne an. „Dürfen wir nochmal wiederkommen, wenn wir noch Fragen haben?"

„Aber sicher. Das ist ja so traurig, warum bringt jemand so eine nette Frau um?"

Ich frage Frau Terörde, was die Patrizia und die Tante Lissi gemacht haben an den Wochenenden.

„Ach, manchmal sind sie zusammen nach Enschede gefahren. Ein paarmal ist Patrizia alleine hin. Wahrscheinlich fühlte sich Lissi dann nicht gut. In Holland sind ja auch am Sonntag die Geschäfte auf, da kann man gut shoppen gehen" erklärt sie.

Kurz darauf verabschieden wir uns, ich tausche aber noch mit ihr die Telefonnummern aus. Wir beschließen erst einmal ins Restaurant Dinkelhof zu Mittag zu essen und danach ins Rock- & Popmuseum zu gehen. Es gibt nur ein Thema: Was hat die Patrizia nach dem Tod von Tante Lissi allein an den Wochenenden in Gronau gemacht und warum war sie so oft in Holland. Wir vertagen erstmal unsere Spurensuche und gehen ins Museum. Das ist so toll, auch wenn wir alterstechnisch etwas aus der Reihe fallen. Auf der Heimfahrt kauen wir nochmal alles durch.

„Sollten wir vielleicht die netten Kripobeamten darüber informieren, was wir rausgefunden haben?" fragt die Marianne.

„Das ist doch sonst als hätten wir die Polizei angelogen, oder?"

Wir denken darüber nach, kommen aber zu dem Schluss, dass die zwei Kommissare einen fähigen Eindruck machen. Nachdenklich verabschieden wir uns in Rhede für heute von einander.

***

Kapitel 6 – Montag

Montagmorgen – Schön Rentnerin zu sein, früher mochte ich die Montage gar nicht. Ich frühstücke und gehe dann zur Anja rüber. Heute darf ich wieder Emma hüten. Da es die jungen Leute immer eilig haben, nehme ich meine Enkeltochter gleich zu mir mit rüber. Als wir auf dem Teppich spielen, klingelt das Telefon. Morgens kurz vor acht, wer will denn da schon was von mir?

Die Gudula ist dran, „Hallo Inge, ich hoffe, ich störe dich nicht, ich hab Neuigkeiten. Da ich nicht wusste, ob du schon wach bist, hab ich erstmal Marianne angerufen. Sie lädt uns heute Nachmittag zum Kaffeeklatsch ein. Dann erzähle ich euch alles. Den anderen schreib ich eine Nachricht auf dem Handy.“

Ich bin schon wahnsinnig gespannt, was sie uns so dringend berichten muss. Aber jetzt ist Emma dran. Am Vormittag machen wir einen langen Spaziergang in die

Stadt und gehe mit dem Jogger bis auf den Friedhof. Da seh ich schon von Weitem den Walther am Grab seiner Frau rumwurschtln. Nee, den kann ich jetzt gar nicht gebrauchen! Ich gehe rückwärts in den Seitenweg rein und rammel, ähh, stoße eine Frau um, die fällt direkt auf ein Grab... Ist mir das peinlich, ich bin aber ein Trampel! Knallrot helfe ich ihr auf und entschuldige mich tausendmal.

Als sie wieder bei sich ist, fragt sie mich „Kennen wir uns nicht aus der St.-Gudula-Bibliothek? Ich helfe da aus, Sie sind doch mit Patrizia befreundet, nicht wahr? Wat'n Unglück!"

Jetzt erkenne ich sie auch. „Ja, stimmt, die Patrizia war mit mir im Handarbeitskreis. Ist Ihnen denn irgendwas an ihr komisch vorgekommen in letzter Zeit? Hat sie sich verändert oder hatte Sie vor jemandem Angst?"

„Das hat mich die Polizei auch schon gefragt, als die netten Beamten bei uns in der Bibliothek waren. Ich konnte ihnen eigentlich nichts sagen. Später ist mir aber noch eingefallen, dass sie ein paar mal von einem Mann abgeholt worden ist. Ich weiß nicht, ob das was zu bedeuten hat. Sie war ja alt genug, um endlich mal einen festen Freund zu haben."

„Denken Sie, das die beiden ein Paar waren?" frag ich nach.

„Da fragen Sie mich wat! Also gesagt hat Patrizia nichts. Sie hat jetzt auch nicht direkt verliebt gewirkt. Aber sie war eben auch schüchtern. Händchen haben sie jedenfalls nicht gehalten, nicht das ich am Fenster gelunkert hätte, das hab ich rein zufällig mitbekommen."

„Wie sah er denn aus?"

„So um die 50, ein gutaussehender Mann, dunkle Haare, Dreitagebart, bestimmt 1,85. Ich dachte mir noch, dass sie endlich ihren Deckel gefunden hat. Noch dazu einen schmucken Deckel", sagt sie augenzwinkernd. Wird aber gleich wieder ernst „Denken Sie, dass ich das der Polizei sagen muss?"

„Puh, vielleicht, ich kenn mich da auch nicht so aus. Verkehrt ist es bestimmt nicht".

Wir verabschieden uns und ich geh vorsichtshalber einen anderen Weg, den an der Friedhofskapelle, zurück, damit ich dem Walther nicht doch noch in die Arme renne. Emma schläft auf dem Rückweg. Ich denk darüber nach, was das für ein Mann gewesen ist. War es wirklich ihr Freund? Warum wusste niemand von ihm? Der Emma mach ich zu Mittag ein Gläschen warm, esse aber selbst nur einen Apfel. Es gibt ja heute noch Kuchen, man sollte auch im Alter figürlich nicht zu sehr aus dem Leim gehen. Zum Kaffeeklatsch kommt nur unser Gronau-Team, die übrigen haben abgesagt. Sie meinen, wir sollen der Polizei nicht ins Handwerk pfuschen. Pünktlich um halb vier klingle ich bei der Marianne in der Friedlandsiedlung.

„Mmh das riecht aber lecker, was gibt es denn schönes?" sag ich zur Begrüßung. Die Marianne drückt mich.

„Ich hab für euch einen schlesischen Mohnkuchen gemacht!" Dann wird aufgetischt.

„Boar ist der lecker, kannst du mir das Rezept geben?" fragt die Frieda.

„Nein, das ist geheim. Aber ich nehme immer die gute Milch und die hofeigenen Eier vom Bauernhof Blömer!"

Also wenn Ihr mal von Marianne auf ein Stück Mohnkuchen eingeladen werdet, schlagt den nicht aus. Er legt sich zwar sofort auf die Hüften, aber es lohnt sich. Als das erste Stückchen vertilgt ist, erzählt uns die Gudula ihre Neuigkeit.

„Ich habe gestern Abend noch mit meiner Tante Hermi telefoniert. Ich wollte wissen, wie es ihr geht, da sie auch Krebs hat. Und stellt Euch vor, sie kannte Patrizias Tante Lissi von der Chemotherapie!"

„Wat'n Zufall!" lässt sich die Irmgard vernehmen.

„Ja, und sie wusste auch, dass Lissi, wenn sie große Schmerzen hatte, einen Joint rauchte. Und wisst ihr was?"

„Also, jetzt mach es mal nicht so spannend, Gudula" kommt es wieder von der Frieda.

„Hermi hat von ihr etwas Marihuana gekauft, gegen ihre Schmerzen."

Da kommt im besten Lehrerinnenton von Irmgard: „Das ist ja die reinste Hehlerei, in welches kriminelle Milieu bin ich da reingeraten?"

„Jetzt pluster dich mal nicht so auf!" fahre ich dazwischen „Die Tanten haben das doch nicht gemacht, weil sie Drogen so fetzig fanden, sondern weil sie wahrscheinlich wahnsinnige Schmerzen hatten!"

Jetzt guckt die Irmgard betreten drein, ich will mich gerade entschuldigen, als es an der Tür klingelt.

„Hat es sich eine von den anderen doch noch anders überlegt?" fragt Marianne und geht zur Tür.

Mir bleibt vor Schreck der Mund offen, mit dem aufgegabelten Mohnkuchen davor.

„Guten Tag, die Damen" begrüßt uns Kriminalhauptkommissar Wohlbeck, schon tritt auch die Frau Hülskamp ins Wohnzimmer. „Frau Schneider, Ihre Tochter hat mir gesagt, wo wir Sie finden. Wir waren überzeugt, dass wir ihren Miss-Marple-Club vollständig antreffen."

„Ei varbibscht, dos ka doch net wohr sei!" rutscht es mir heraus und ich halte mir die Hand vor den Mund.

„Ja, Frau Schneider, ich erinnere mich an Ihre Aussage, wann Sie in Dialekt verfallen" sagt H. Wohlbeck. „Aber es geht hier ja nicht nur um Sie. Meine Damen, wir haben festgestellt, dass sie fleißig ermitteln."

Ich habe mich wieder etwas gefangen: „Das kam mehr so aus Versehen, wir wollten halt Patrizias Tante nur unser Beileid übermitteln und uns nebenbei einen schönen Tag machen" sag ich.

„Ah, so war das also" mischt sich jetzt Frau Hülskamp ein und ich meine wieder ein belustigtes Leuchten in ihren Augen zu sehen. Bei Kriminalhauptkommissar Wohlbeck sehe ich allerdings nur ein strenges Kopfschütteln! Er ist sozusagen „not amused".

„Wir möchten Sie jetzt noch einmal in aller Deutlichkeit darauf hinweisen, daß WIR ermitteln! Ihre amateurhafte Einmischung lassen Sie ab sofort bleiben, sonst hat das ernsthafte Folgen für Sie alle, haben wir uns verstanden?"

Ich schiele verstohlen zu den anderen. Alle gucken bedröppelt drein, wir nicken dann unisono.

„Haben Sie uns noch etwas zu sagen?" setzt er hinterher.

Jetzt ein allgemeines Kopfschütteln unsererseits.

„Dann verlassen wir Sie wieder und wollen mal hoffen, dass wir dieses Gespräch nicht noch einmal führen müssen!"

Weg sind sie. Mir fällt ein ganzer Fichtelberg vom Herzen, als ich die Haustür zufallen höre. Meinen Freundinnen scheinbar auch, sie atmen hörbar aus. Als erstes kommt von der Marianne „Seht ihr, jetzt haben wir den Schlamassel, wir kommen noch alle ins Gefängnis!"

„So schnell kommt man nicht ins Gefängnis" schaltet sich die Gudula ein.

„Lasst uns doch erstmal Frau Terörde in Gronau anrufen, die Polizisten müssen ja bei ihr gewesen sein", sag ich und klingle sofort bei ihr durch. Als sie abnimmt, stelle ich auf Laut, damit alle mithören können.

„ Die Leute von der Kriminalpolizei waren heute bei mir und haben mich befragt. Ich hab dann von Patrizia erzählt, was ich so wusste. Dann haben Sie Lissys Haus durchsucht."

„Sind ihnen im Garten die Marihuana-Pflanzen aufgefallen?" wirft Irmgard ein.

Jetzt fängt Frau Terörde an zu drucksen: „Um ganz ehrlich zu sein, als ihr weg wart, habe ich die Pflanzen ausgerissen und ganz unten im Komposthaufen versteckt.

Ich wollte doch nicht, dass ein schlechtes Licht auf Lissy fällt!"

„Also wissen die Bu... Polizisten nichts von dem Haschisch?" fragt die Gudula.

„Also von mir nicht, war das falsch?" fragt Frau Terörde.

„Nein, alles gut", sag ich zu Ihr „machen Sie sich keine Gedanken".

Ich lege auf. Die Irmgard hat sich schon gefangen: „Meine Lieben, ist Euch bewußt, dass wir momentan schon mehr Informationen gesammelt haben als die Polizei? Das müssen wir uns zu Nutze machen, wir können jetzt nicht aufhören zu ermitteln!"

Dass hätte ich nicht von der Irmgard erwartet. Marianne sitzt am Tisch. Mit Tränen in den Augen und zitternder Stimme interveniert sie: „Aber Irmgard, die Polizei hat uns verwarnt. Ich will meine Enkel aufwachsen sehen und nicht meine letzten Tage in einer Gefängniszelle verbringen!"

„Du hast gar keine Enkel" hält die Frieda dagegen.

„Aber ich könnte doch welche bekommen und dann bin ich nicht da."

Die Gudula war die ganze Zeit ruhig, was sonst nicht ihre Art ist. Jetzt steht sie auf und sagt bestimmt „Wir müssen ermitteln, dass sind wir Patrizia schuldig!"

Ich bin natürlich ganz ihrer Meinung. Das überzeugt Marianne. Der Miss-Marple-Club wird den Mörder unserer Freundin finden.

***

Kapitel 7 – Dienstag

Da hab ich doch gestern glatt vergessen, den anderen von meiner Friedhofsbegegnung zu erzählen. Also hab ich heute morgen erstmal gegoogelt, wie man eine Whatsapp-Gruppe eröffnet. Unsere Handarbeitsgruppe hatte Patrizia eingerichtet. Ist gar keine Hexerei, wenn man weiß, wie es geht. Hab dann den Miss-Marple-Club mit Gudula, Marianne, Frieda, Irmgard und mir erstellt. Der Einfachheit halber schreibe ich Euch unser Gespräch hier auf:

Ich: Hallo zusammen, ich hab euch nämlich gestern was wichtiges vergessen zu erzählen.

Frieda: Tolle Idee mit der Gruppe, Inge! Die anderen wollen ja eh nichts von unseren Ermittlungen wissen. Was hast du denn rausgefunden?

Irmgard: Guten Morgen, die Damen!

Gudula: Huhu, ja erzähl, Inge!

Marianne: Hallöchen, ich ess gerade den letzten Kuchen von gestern, soll ja nichts verkommen, erzähl.

Ich: Ich hab auf dem Friedhof eine Kollegin von der Patrizia getroffen. Sie hat mir erzählt, dass unsere Tote einen Freund hatte. Er hat sie paarmal von der Bibliothek abgeholt. Groß, gutaussehend, dunkle Haare, Drei-Tage-Bart um die 50.

Irmgard: Das kann ich mir überhaupt nicht vorstellen, Patrizia und einen festen Freund. Vielleicht war es ein Verwandter oder ein Kollege.

Frieda: Sei doch nicht immer so pessimistisch, Irmgard. Patrizia war vielleicht keine Schönheit, aber es gibt ja auch andere Werte die zählen.

Gudula: Ich glaube, wir haben Patrizia viel zu wenig gekannt! Hab meine Tante gestern nochmal angerufen. Sie sagte, Patrizia war immer mit Lissi bei der Chemotherapie in Bocholt. Patrizia hat sie dann mit zu sich genommen, damit sie sich noch ein bisschen erholen kann und nicht allein ist. Irgendwann hat sie von dem Marihuana erzählt, daß ihr das so gut helfen würde. Sie hat Tante Hermi auch was angeboten.

Marianne: Aber was ist mit dem Usbekistannbekannten Mann?

Ich: Marianne, ist dir der Kuchen auf die Tastatur gefallen?

Marianne: Nee, wenn ich zu lange auf das „U" drücke, schreibt mein Handy „Usbekistan", unbekannten Mann, meinte ich.

Frieda: War er ihr Freund oder hatte er was mit dem Rauschgift zu tun? Sie kann ja nicht beide Tanten von den kümmerlichen drei Pflanzen versorgt haben

Ich: Vielleicht waren sie deshalb so oft in Holland. Kommt man dort nicht viel schneller an Drogen als bei uns? Da kann man doch inzwischen alles einfach so kaufen, in diesen Kaffeeläden. Schlimm, das ist ja wie bei den

Hottentotten! Mag man sagen was man will, das hat es bei uns in der DDR nicht gegeben!

Irmgard: Du hast ja gar keine Ahnung Ingeborg! Nach wie vor ist der Handel und Besitz mancher Drogen in den Niederlanden illegal. Und du meinst Coffeeshops, das ist mitnichten das gleiche, wie ein Kaffeeladen. Du darfst ab 18 Jahre, auch als Deutsche, in das Geschäft und maximal 5g Marihuana pro Tag kaufen. Bis 1995 durften auch schon 16jährige eine Höchstmenge von sogar 30g pro Tag erwerben.

Frieda: Sehr interessant. Gudula, ich glaube, wir müssen nochmal mit deiner Tante reden. Wir können ja nicht in ganz Rhede rumrennen und nach dem Mann suchen. Wenn er wenigstens ne dicke Warze auf der Nase hätte, aber so...

Marianne: Da hast du wohl Recht Frieda.

Gudula: Ja, das stimmt wohl. Aber wir können nicht zu fünft bei Tante Hermi auftauchen. Da kriegt sie nen

Koller. Ich würde sagen, ich geh da heute Nachmittag mit Inge hin und dann erzählen wir euch alles.

Ich: Das ist eine gute Idee. Lass uns das machen Gudula!

Irmgard: Aber ihr müsst uns danach sofort alles erzählen!

Gudula: Selbstverständlich! Inge ich hol dich dann gegen 15.00 Uhr ab.

Ich: Gut, so machen wir's. Tschüßii

Marianne: Moment mal, ich würde gern nochmal zu meiner Freundin Erna gehen, und sie fragen, ob sie vielleicht den Mann bei Patrizia gesehen hat. Kommt jemand mit?

Frieda: Ich hab heute keine Zeit, muss auf Kevin-Paul aufpassen. Dieser Name, das kommt nur von meiner Schwiegertochter! Hätte man den armen Jungen nicht einfach Paul nennen können?

Irmgard: Ich komm mit Marianne. Tja Frieda, der wird es in der Schule nicht leicht haben. Laut einer Umfrage, wird der Vorname „Kevin" mit verhaltensauffälligen und leistungsschwachen Kindern gleichgesetzt. Dieses Vorurteil gibt es vor allem unter Lehrern in Westdeutschland. Nenn ihn doch einfach Paul.

Frieda: Hihi…. Das mach ich Irmgard, da wird meine Schwiegertochter Hörnchen kriegen.

Soweit, so gut. Ich fahre also am Nachmittag mit der Gudula zu ihrer Tante Hermi. Bei Schnittchen und Kaffee schneiden wir vorsichtig das Thema „Patrizia" an.

„Ja also, das war so." berichtet uns Tante Hermi etwas kleinlaut. „Ich hab Patrizia und Lissy bei der Chemotherapie in Bocholt getroffen. Und als wir so da saßen mit unseren Infusionsständern, haben wir uns gegenseitig unser Leid geklagt. Irgendwann erzählte mir Lissy, dass sie einen Joint raucht, wenn die Schmerzen zu groß sind. Es beruhigt sie unheimlich und die größten Piene sind dann weg. Ich hab sie gefragt, ob ich das auch mal ausprobieren könnte. Sie gab mir zwei Stück und was soll ich euch sagen? Ich hab mich lange nicht mehr so gut gefühlt."

„ Aber man kann doch auch auf Rezept medizinisches Marihuana in der Apotheke bekommen" werfe ich ein.

„Ja, das ist seit ein paar Jahren in Deutschland erlaubt" stimmt mir die Gudula zu.

„Ja, denkst du, ich geh mit meinem Rezept quietsch-vergnügt zu Gutersohn oder in die Hirschapotheke? Dann steht da irgendeine Bekannte, und am nächsten Tag weiß halb Rhede, dass ich ab und an kiffe? Den Apotheken-leuten vertraue ich ja, aber da ist immer jemand drin, den ich kenne. Ne ne, das wollte ich nicht!"

Gudula nickt, ich kann das auch gut verstehen. „Ich hab dann am Rande mitbekommen, dass Lissy ein paar Joints an andere Patienten verschenkt hat. Patrizia hatte immer welche mit zur Chemo, in so einem kleinen Metall-kästchen."

„Das ist ja interessant, dann hatten die beiden immer einiges zum Probieren mit. Und Patrizia hat die Joints sozusagen verwaltet?" wundere ich mich.

„Ja, es sah so aus."

„Seit Lissys Tod bist du nur noch über Patrizia an die Joints gekommen?" fragt Gudula nach.

„Ja, ich hab jetzt noch drei Stück. Vielleicht muss ich ja dann doch bei meiner Onkologin nach einem Rezept fragen. Aber eigentlich möchte ich das nicht."

„Dann teil sie dir erstmal gut ein!" empfehle ich zum Abschied.

Im Auto gibt es viel zu bereden. Es scheint so, als hätte die Patrizia da ein kleines Nebengewerbe aufgebaut. Umsonst wird Hermi die Joints nicht bekommen haben. Wir haben ganz vergessen, nach dem Preis zu fragen. Zu zweit konnten sie ja 10 g Marihuana kaufen. Da die Gudula und ich drogentechnisch nicht unbedingt versiert sind, wissen wir nicht, wieviel Joints das ergibt. Unsere

Drogenexpertin Irmgard weiß bestimmt Näheres. Zu Hause bei mir kommt die Gudula noch mit rein und wir berichten den anderen gleich per Whats-App unsere Erkenntnisse. Sofort kommt eine Nachricht von Frieda zurück.

Frieda: Das gibt's ja nicht! Die Patrizia war eine kleinkriminelle Dealerin, das hätte ich ihr nicht zugetraut!

Ich: Sie hat das ja nicht des Geldes wegen gemacht, sondern um den anderen das Leben zu erleichtern. Naja, vielleicht auch um ein bisschen ihre Haushaltskasse aufzubessern.

Gudula: Das war sicher nicht ihr Hauptanliegen.

Marianne: Wir sind auch gerade von Erna zurück. Sie hat unseren Mann ein paarmal bei Patrizia gesehen. Mehr weiß sie auch nicht.

Ich: Irmgard, was kannst du uns denn noch sagen über Joints und so? Kennst dich ja am ehesten damit aus.

Irmgard: Tja, wisst ihr, ich hatte auch meine wilde Phase. Als Lehrerin bekommt man einiges mit. Der Wirkstoff THC im Cannabis macht nicht körperlich oder psychisch abhängig. Das Gewöhnungspotential von THC ist groß. Ein Joint enthält Tabak und Cannabis, was die Lunge durch das tiefe Einatmen beim Inhalieren mehr belastet als eine Zigarette. In einem Joint ist höchstens ein halbesGramm Cannabis, der Rest ist Tabak. Für gewöhnlich kannst du einen für ca. 5 Euro bekommen. Sie brauchte, da Patrizia die fertigen Joints verkauft hat, noch Long Papers zum Drehen und Tips, damit man nicht das Gebrösel im Mund hat.

Gudula: Was sind denn Long Papers? Kann man nicht normales Zigarettenpapier und nen Filter nehmen?

Irmgard: Nein, normales Papier ist zu kurz und wenn du einen Filter nimmst, ist die Wirkung weg.

Marianne: Puh, Irmgard, dein Wissen macht mir Angst.

Wenn ich über die ganze Sache so nachdenke, finde ich:

Ein Selbstversuch ist dringend von Nöten, werde morgen mal mit der Irmgard telefonieren...

***

Kapitel 8 - Mittwoch

Unser Handarbeitskreis sitzt im Paul-Gerhardt-Haus. Der ganze Raum ist total vernebelt. Wir sitzen im Kreis, schunkeln und singen „Wenn es Raacherweibel naabelt", ein armlanger Joint wird herumgereicht. Ich schaue zu Patrizia, sie lacht laut und hat meine Stricknadel im Hals!

Wieder einmal wache ich schreiend auf. Solche Träume sind anstrengend. Davon muss ich mich erstmal erholen. Ich werde Irmgard fragen, ob sie mit mir zusammen nach Enschede zum Coffeeshop fährt. Ich rufe ich gleich bei ihr an.

„Diese Idee schwirrt mir seit gestern auch im Kopf herum, wir sollten das machen! Dann können wir auch Tante Hermi mitversorgen, sie kommt ja sonst nicht mehr an ihre Medizin. Ich hole dich 10.00 Uhr ab."

Gesagt, getan! Wir sind kurz vor elf Uhr in Enschede. Uns ist ein bisschen mulmig, Daher setzen wir uns erstmal an einen Tisch und bestellen „Koffie met Gebak". Außer uns sind noch ein Pärchen und ein Mann im Laden. Das Paar turtelt die ganze Zeit. Der Mann sitzt am Nachbartisch mit dem Rücken zu uns und liest in „De Twentsche Courant Tubantia", der Enscheder Tageszeitung. Natürlich sprechen wir über unsere Patrizia.

„Ich glaube ja, das dieser mysteriöse Mann sie auf dem Gewissen hat. Vielleicht wollte sie die Beziehung

60

beenden, da hat er sie aus Wut umgebracht!" erkläre ich Irmgard meine Theorie.

Irmgard meint „Wenn dieser Mann nun aber ihr Dealer war und sie mit dem Marihuana versorgt hat. Sie konnte ja von ihren 5g nicht alle möglichen Leute bedienen. Den Gewinn haben sie sich dann wahrscheinlich geteilt!"

„Dann ist es aber unwahrscheinlich, das er der Mörder ist" denke ich laut weiter, „er wird ja nicht seine Erwerbsquelle lahmlegen!"

Irmgard ist ganz meiner Meinung. Kuchen und Kaffee verputzt, Irmgard übernimmt die Sache mit dem Marihuana. Jeder kauft seine 5g. Als wir feststellen, dass es das Zigarettenpapier sogar mit Geschmack gibt, kaufen wir das natürlich und auch Tipps. Als wir den Coffeeshop verlassen, sind wir so in unsere Thesen vertieft, das wir es nicht sofort bemerken! Aber als wir um die nächste Ecke biegen, habe ich ein komisches Gefühl... Ich drehe mich um, glaube jemand hinter der Häuserecke zurückzucken zu sehen. „Irmgard, Irmgard, wir werden verfolgt" zische ich. Wir laufen schneller. Als wir uns das nächste mal umdrehen, steht ein Mann am Postkartenständer eines Kiosks und beobachtet uns.

„Ist das nicht der Typ aus dem Coffeeshop, die Klamotten kommen mir bekannt vor", sag ich.

„Das kann gut sein, wir überrumpeln ihn, er kann uns ja bei den ganzen Leuten hier nichts tun" meint Irmgard.

Also gehen wir ein Stück weiter und warten hinter der nächsten Ecke. Kaum eine Minute später, rennt der Mann uns fast über den Haufen. Ich habe mich als erstes gefangen, der Mann aus dem Coffeeshop.

„Was wollen Sie von uns?" blaffe ich ihn an.

Verdutzt erklärt er uns mit holländischem Akzent, dass er unser Gespräch im Coffeeshop mitgehört hat. Er ist der Mann, von dem wir sprachen. Aber er hat Patrizia nichts getan. Er gibt zu, Patrizia und ihre Tante im Coffeeshop kennengelernt und später mit ihr ein kleines Marihuana-Nebengeschäft betrieben zu haben. Entweder sie haben sich in Enschede getroffen oder er hat es ihr nach Rhede geliefert. Sie waren nicht zusammen, er musste aber ständig aufpassen, dass seine Frau nichts bemerkt, da sie sehr eifersüchtig ist. Letztes Wochenende hatte er sich mit Patrizia hier verabredet, sie kam nicht und meldete sich auch nicht am nächsten Tag. Da das nicht ihre Art war, hat er die Internetseite des BBV aufgesucht und erfahren, dass sie ermordet wurde. „Sie beide wollen der Polizei bei der Aufklärung des Mordes helfen?" fragt er uns.

Irmgard erklärt, dass wir eigentlich zu fünft sind, mit Patrizia befreundet waren und auf eigene Faust ermitteln.

„Wieviel hat sie Ihnen denn abgekauft?" will Irmgard wissen.

„Kann ich Euch denn vertrauen oder rennt ihr sofort zu den Bullen?"

„Natürlich nicht" werfe ich ein.

„Also meist so 20g die Woche. Mal mehr, mal weniger. Sie hatte sich durch Mund-zu-Mund-Propaganda einen ordentlichen Kundenstamm aufgebaut. Soviel ich weiß nur Krebskranke."

Der Mann, er heißt Japp de Jong, schielt immer wieder um die Hausecke.

„Meine Frau kommt, ich bin mir nicht sicher, ob sie etwas ahnt. Mareike hält gar nichts von Drogen. In letzter Zeit habe ich das Gefühl, sie schnüffelt hinter mir her. Ich gebe Euch meine Karte!" drückt mir sein Visitenkärtchen in die Hand und zack, weg ist er.

„Der hat aber Schiss vor seiner Gattin. Die hat wohl die Hosen an", stellt Irmgard fest. Wir gehen zum Auto. Per WhatsApp lade ich alle für den Nachmittag zu mir ein, verrate aber noch nichts. Wir haben das Marihuana in unseren BH's versteckt, man kann ja nie wissen.

Als alle da sind, erzählt uns die Gudula, dass Tante Hermi sie heut ganz aufgelöst angerufen hat. Von ihren letzten drei Joint ist plötzlich nur noch einer da, sie ist sich ganz sicher, das sie die beiden nicht geraucht hat.

„Naja, ich weiss nicht, Hermi wird in letzter Zeit etwa schusselig. Wahrscheinlich hat sie es doch einfach vergessen" meint Gudula.

„Also das Jointproblem können wir eventuell lösen" sag ich. Dann erzählen wir den dreien, was wir heute so erlebt haben.

„Das ist ja allerhand, kann man denn diesem Japp glauben?" fragt Frieda.

„Er klang sehr glaubwürdig" sagt Irmgard. „Er hat uns sogar seine Visitenkarte gegeben."

„Ein Dealer mit Visitenkarte?" fragt Marianne.

Ich krame die Karte hervor:

Japp de Jong

Externe Verkoop

Dirt Vaarwel

„Der ist stinknormaler Vertreter einer Reinigungsfirma die Schmutz-Tschüß heißt" ruft Gudula. Sie hat jahrelang VHS-Kurse in Holländisch belegt, erklärt sie uns. Irmgard legt einen Joint auf den Kaffeetisch und die Marianne guckt ihn an als wäre er eine eklige, fette Made.

„Also ich mach da nicht mit, wer weiß wie ich darauf reagiere, ich vertrage doch auch Milch so schlecht! Eine muss einen klaren Kopf behalten und euch eventuell ins Krankenhaus fahren!"

„Ich wollte das schon immer mal probieren!" überrascht mich Frieda.

Gudula kichert wie ein Schulmädchen und nickt zustimmend. „Dann lass es eben, Marianne, du kannst ja auf uns aufpassen" sagt Irmgard.

Mein Traum kommt mir wieder in den Sinn, aber da der Joint nicht armlang ist, ziehe ich kurzerhand als erste an dem frisch entzündeten Ding. Huii, bilde ich es mir ein oder wird mir gleich etwas schwummrig?

„Also ich merke gar nichts, sagt Gudula und nimmt einen Schluck Kaffee. Marianne guckt uns an, als wären wir Kaninchen in einem Testlabor. Frieda kommt auf diesen Japp zurück und stellt fest, das er ja wahrscheinlich wirklich nicht als Mörder in Frage kommt. Wir überlegen hin und her. Jetzt ist Japps Frau Mareike unsere Hauptverdächtige. Extrem eifersüchtig hat sie Patrizia vielleicht als Konkurrenz gesehen oder sie hat die Deals mitbekommen und deshalb unsere Freundin ausgeschaltet. Gudula, ich und Frieda stellen fest, dass der Joint gar nicht wirkt. Irmgard meint, wir sollen noch etwas warten, gibt uns auf unser Drängen doch noch einen. Wir diskutieren und rauchen. Als Marianne mich anschaut, treten ihre Augen aus dem Kopf, kommen wie Schneckenstielaugen auf mich zugewabbelt. Sieht lustig aus... Irmgard zieht schon am dritten Joint und legt zufrieden ihren Kopf auf dem Tisch ab. Frieda guckt ganz verzückt an die Zimmerdecke

„Oh diese Farben, wie hast du das denn hinbekommen, Inge?"

Gudula wird ganz grün im Gesicht. „Mir ist schlecht!" schwankt sie aufs WC.

Finde ich irre lustig, ich muss mir den Bauch halten vor Lachen. Marianne fängt an zu trällern „Ein Bett im Kornfeld" und tanzt verzückt durchs Zimmer. Da hat sie wohl doch heimlich am Joint genascht.

Mit einem Mal werde ich furchtbar müde...

***

Kapitel 9 – Donnerstag

Ich dachte eigentlich, ich hätte furchtbare Kopfschmerzen heute morgen, aber nein, alles gut. Meine Freundinnen haben sich am Vorabend noch ein bisschen bei mir erholt und sind dann mit den Rädern nach Hause gefahren. Heute früh hat schon die Gudula angerufen. Ihre Tante fragte sie nochmal nach Joints. Gudula will ihr welche bauen, aber heute hat sie keine Zeit, sie ihr zu bringen. Ich hab mich breitschlagen lassen, das zu übernehmen. Da Tante Hermi total auf Zitronenlimonade steht, nimmt sie die Zitronenpapers und Erdbeere bekommt sie auch noch, insgesamt 10 Stück, das sollte ja erstmal reichen. Die sehen so drollig aus, mit den aufgedruckten Früchtchen. Nach dem Mittagessen, es gibt erzgebirgische „Rauchemaad", geht's zur Gudula. Danach will ich gleich zu Hermi. Aber ich Blödie verfahre mich ständig. Die ganzen rot verklinkerten Häuser, ich hab überhaupt keinen Orientierungssinn. Bin ich erleichtert, das Haus von Tante

Hermi an den Gartenzwergen vor der Tür wiederzuerkennen, ganz durchgeschwitzt bin ich. Tante Hermi hat schon Kaffee aufgesetzt.

„Ich bin so froh, dass du mir die Joints bringst, ick häb so Piene de letzte Wähke. Den letzten hab ich mich nicht getraut zu nehmen, hab ich für Notsituationen aufgehoben".

„4 Euro das Stück bekommst, ist das in Ordnung?"

„Da komm ich ja ein ganzes End billiger. So viel Rente krieg ich ja nicht".

Sie freut sich ein Loch in den Bauch, weil sie in ihren Lieblingsgeschmackssorten sind. „Die Gudula hat mir erzählt, dir wurden welche geklaut. Wer könnte das gewesen sein?" frag ich sie. Tante Hermi wird ganz kleinlaut.

„ Ja, weißt du, ich rede da nicht so gern drüber. Meine Tochter Mechthild hat einen unehelichen Sohn, Pierre Jonathan."

„Pierre Jonathan Schmitz, wie kommt sie denn auf den Namen?" unterbreche ich. Klingt ja fast, als käme sie aus der DDR. "

„ Tja, Mechthild hatte schon immer ihren eigenen Kopf. Als Kind hat sie immer gerne *„Ein Engel auf Erden"* geguckt, deshalb Tschonäfen (ich schreibs mal so, wie sie es sagt) und Pierre, weil sie den Pierre Brice toll fand. "

„Na da kannst du ja froh sein, dass sie ihn nicht Winnetou genannt hat!"

„Von der Seite hab ich es noch gar nicht gesehen". Tante Hermi lacht. „Also bei Mechthild, ich weiß nicht, was ich da falsch gemacht hab. Ihr wurde es mit dem kleinen Pierre zu eng in Rhede. Meinte, sie müsste sich selbst finden, sie würde in diesem Dorf hier ersticken. Ist einfach mit meinem Enkel nach Südfrankreich abgehauen. Ich hab sie schon lange nicht mehr gesehen. Pierre Jonathan kam dann vor 2 Jahren zurück, sagte er hätte die Schnauze voll von seiner Mam, entschuldige den Ausdruck. Sie wohnt in einem runtergekommenen

Häuschen am Strand und verkauft selbstgemachten Schmuck, Makramees und gebatikte T-Shirts. Wahrscheinlich tanzt sie abends am Lagerfeuer ihren Namen."

„Oh, das könnte bei Mechthild aber schwierig werden!" Wir müssen bei der Vorstellung schmunzeln.

„Er hat hier ein paar Freunde gefunden, lässt sich von denen nur noch „Pie Tschäy" nennen. Aber irgendwie kam er von Anfang an nicht klar. Hat Psychosen und Verfolgungswahn. Das wurde so schlimm, dass er zu seiner Sicherheit momentan im St.-Vinzenz-Hospital ist. Er hat dort eine Freundin gefunden, Lara Kim, heißt sie. Ab und an kommt er mich besuchen, wenn er Ausgang hat, oder wie auch immer man das nennt. Sie war schon mal mit da, begeistert bin ich nicht von ihr. Sie hat die Hosen in der Beziehung an."

„Und du denkst, er hat die Joints geklaut?"

„Mir fällt beim besten Willen niemand anderes ein, soviel Besuch bekomm ich ja nicht."

„Dann versteck sie am besten, vielleicht an zwei verschiedenen Orten."

„Das ist eine super Idee, das mach ich. Ach, und eh ich es vergesse, mich haben jetzt schon mehrere der Patientinnen angerufen, an die Patrizia verkauft hat. Die sitzen alle auf dem Trockenen. Könnt ihr die nicht mit versorgen?"

„Das muss ich erst mit meinen Freundinnen besprechen, eigentlich war das nicht geplant. Gudula wird dir Bescheid geben."

Ich helfe ihr noch beim Tisch abräumen und verabschiede mich. Tante Hermis Haus ist von einer großen Buchenhecke eingefasst, so sehe ich den Wagen der Kommissare gerade noch rechtzeitig vor dem Haus halten. Ich springe schnell (jedenfalls relativ schnell) hinter einen großen Ligusterstrauch. Glücklicherweise hab ich heute meinen braun-grünen Anorak an, eine top Tarnkleidung. Die Beamten steigen aus und klingeln an der Tür. Hoffentlich hat Tante Hermi die Joints schon versteckent. Ich mach mir fast in die Hose vor Angst. Die Tür geht auf und eine lächelnde Tante erscheint, sofort entgleisen ihr die Gesichtszüge... Kriminalhauptkommissar Wohlbeck stellt sich und seine Kollegin vor, fragt: „ Sind sie Frau Hermine Schmitz? Wir hätten in der Morduntersuchung von Patrizia Westerhoff ein paar Fragen an Sie. Dürfen wir eintreten?"

Tante Hermi guckt ganz verdattert, lässt die Kommissare aber vor ihr zur Tür herein und schaut kurz suchend umher. Ich winke hinterm Strauch hervor, sie sieht mich nicht. Ich geh zu meinem Auto. Als ich einsteigen will , sehe ich ein paar Meter weiter einen Kleinwagen mit holländischem Nummernschild. Das ist in Rhede an sich nichts Besonderes. Irgendwie hab ich das Gefühl, das Auto fährt hinter mir her. Ich bilde mir das wohl ein, wer sollte mich denn verfolgen! Als ich in meiner Wohnung bin, setz ich mich mit meinem Telefon an den Küchentisch, und warte, ob die Hermi anruft. Nach zwei oder drei „Griebittern" klingelt es endlich. Als ich den Anruf annehme, höre ich ein unterdrücktes Schluchzen.

„Tante Hermi, was ist denn passiert? So schlimm wird's schon nicht sein." versuch ich sie zu beruhigen. „Was wollten die Bullen denn?"

„Ach Inge, es war so schlimm, ich hab ihnen fast alles erzählt. Das ich von Patrizia die Joints bekommen habe und andere Krebspatientinnen auch. Dass sie die Drogen von so einem Holländer hat und das ihr versucht, den Mörder zu finden."

„Hast du ihnen denn die Namen der anderen Frauen genannt?" hake ich nach.

„Nein, das nicht, ich sagte, dass ich die Namen nicht weiß. Aber sie wollten meine Reserve sehen. Da war ich auf Zack und hab ihnen nur die Schachtel im Wohnzimmerschrank mit meiner Notration von Patrizia gezeigt. Den haben sie mir auch prompt abgenommen. Glücklicherweise hatte ich die anderen schon versteckt und eine Hausdurchsuchung können die ja nicht einfach so machen. Das lernt man ja in jedem Fernsehkrimi!"

erklärt sie mir mit Stolz in der Stimme. „Und das du mir meine Medizin gebracht hast, hab ich auch nicht gesagt!"

„Na dann ist es ja nicht ganz so schlimm, wahrscheinlich konnten sie sich das alles schon denken. Die ermitteln ja schließlich auch nicht das erste Mal. Ist schon in Ordnung Tante Hermi."

Jetzt ist sie ziemlich erleichtert und als wir aufgelegt haben, whatsAppe ich alles den Miss Marples. Wir überlegen uns das mit der Belieferung, wollen eine Nacht drüber schlafen. Dann erinnerte uns die Frieda daran, dass heute Abend Handarbeitskreis ist, und wir da nicht über unsere Ermittlungen sprechen dürfen.

Als wir alle zusammen im Paul-Gerhard-Haus gemütlich am Stricken und Häkeln sind, hat Frieda noch eine Überraschung für uns. „Am Sonntag ist Karnevalsumzug. Da müssen wir unbedingt als Gruppe zusammen hingehen. Ich weiß auch schon das Kostüm für uns. Wir verkleiden uns als Wollknäuel!"

Frieda sagt, sie hätte alles, was wir dafür brauchen, zu Hause. Ein paar Lagen Schaumgummi und ganz dicke Wolle drüber. Die Marples sind begeistert. Die anderen wollen nicht, entweder haben sie keine Lust auf Karneval oder wollen mit ihren Familien hingehen. Frieda will eine Flasche Aufgesetzten mitbringen, Marianne ihren selbstgemachten Eierlikör und Irmgard Prosecco. Das kann ja was werden, ich als Sächsin auf einem Faschings, ähh, Karnevalsumzug. Das ist so schööön....

***

Kapitel 10 – Freitag

Es war wieder richtig schön gestern Abend, nur schade, dass wir mit der gesamten Handarbeitsgruppe nicht über unsere Ermittlungen sprechen konnten. Ich für mein Teil hab mir auch überlegt, dass wir die anderen Patientinnen beliefern sollten. Da will ich doch gleich mal nachhorchen, was meine Freundinnen dazu sagen.

<u>WhatsApp:</u>

Ich: Hallo zusammen, habt ihr schon drüber nachgedacht, ob wir die Frauen mit Medizin beliefern?

Frieda: Wir sollten das tun.

Marianne: Ich weiß nicht recht... geht das nicht schon in Richtung Drogenhandel? Die Polizisten haben uns doch sowieso schon auf dem Kieker. Wenn wir erwischt werden, bekommen wir richtig Probleme.

Gudula: Nun mach dir mal nicht ins Feinripp-Höschen! Wir passen schon auf. Die Frauen sind doch auf uns angewiesen.

Irmgard: Ja, das ist ganz einfach unsere Pflicht. Mit dem Tod unserer Patrizia haben wir sozusagen ihre Mission übernommen. Man könnte uns sogar Pioniere der Legalisierung des Marihuana bezeichnen.

Ich: Also jetzt übertreibst du ein bisschen, Irmgard. Ja, wir sollten den Japp anrufen. Gudula, weißt du denn, wieviel wir da bestellen müssen?

Marianne: Na okay, wenn ihr euch alle einig seit, mach ich mit. Wir müssen ganz vorsichtig sein.

Gudula: Abgesehen von Tante Hermi wollen 10 Frauen Joints haben. Tante Hermi meinte noch, sie wären ganz schön stark. Bei Patrizia war weniger Marihuana drin.

Irmgard: Das dachte ich mir schon fast. Umso besser, dann bekommen wir mehr raus. Ingeborg, rufst du dann den Herrn de Jong an und bestellst 50 g Gras? Ich schätze, dass kostet rund 500 Euro. Das legen wir einfach zusammen. Ich würde vorschlagen, wir machen 4 Euro pro Stück. Wir müssen noch Papers und Tips kaufen. Dann bleibt uns eine kleine Aufwandsentschädigung von knapp 100 Euro.

Ich: Bin gerade baff, das hast du aber schnell ausgerechnet, Frau Lehrerin. Aber nenn mich bitte endlich Inge! Ich hasse Ingeborg!

Ich krame das Kärtchen vom Holländer unseres Vertrauens heraus. Er geht gleich ans Telefon, spricht sogar deutsch, hat wohl die Vorwahl erkannt. „Hallo Herr Japp, hier ist die Inge Schneider aus Rhede."

„Hallo Inge, was kann ich für dich tun?" Hach, der holländische Akzent ist so drollig, da schmelz ich richtig dahin, jetzt muss ich mich aber konzentrieren.

„Ja also, Japp, wir haben uns dein Angebot überlegt und würden sehr gern die Kunden von Patrizia übernehmen. Das heißt 50 g Marihuana bei Ihnen, bei dir, bestellen." Den letzten Satz hab ich ganz leise gesagt, man kann ja schließlich nie wissen!

„Das ist schön. Ich kann euch die 50 g mit Papers und Tipps für 470 Euro anbieten, ihr bekommt einen Vorzugspreis von mir."

„Toll, können wir die Papers mit Fruchtgeschmack bekommen?"

Er lacht „Ja sicher, geht klar. Ich muss heute am frühen Nachmittag nach Bocholt, einer Firma Industrie-Nasssauger vorführen. Da kann ich kurz nach Rhede kommen!"

Jetzt spricht er ganz leise „Ich glaube Mareike lauscht an der Tür! 14.00 Uhr bei der kleinen Laube im Krankenhauspark. Weißt du, wo ich meine?"

„Klar, weiß ich."

Er hat es jetzt sehr eilig und bricht das Gespräch ab. Hoffentlich hat seine Frau nichts mitbekommen. Ich sag den Marples Bescheid, Gudula möchte mich begleiten. Da bin erleichtert, schließlich kauf ich ja nicht alle Tage Drogen. Irmgard will mit uns zusammen die Joint-Produktion bei sich zu Hause starten. 18.00 Uhr soll es losgehen.

Gegen Zwei treffe ich mich mit Gudula am Alten Jugendheim, von da laufen wir zum Mehrgenerationen- bzw. Krankenhauspark. Beide sind wir aufgeregt. Der Japp kommt zeitgleich aus Richtung St.-Vinzenz-Hospital angelaufen.

„Hallo die Damen", begrüßt er uns.

Gudula fängt an zu kichern und bekommt rote Apfelbäckchen. Wir begrüßen ihn ebenfalls und setzen uns in die Laube.

„Hat deine Frau was mitbekommen von unserem Telefonat?" frag ich ihn.

„Ich trau ihr zu, mir hinterher zu schnüffeln. Sie hat sich sehr verändert in letzter Zeit. Ist launisch und hinterfragt alles was ich tue. Manchmal bricht sie beim kleinsten Widerwort in Tränen aus, behauptet, ich würde sie nicht mehr lieben. Aber das ist mein Problem, da müsst ihr euch nicht mit belasten!"

„Was für ein Auto fährt deine Frau?" fällt mir noch ein.

„Einen roten Fiat 500, wieso?"

„Oh, es kann ja Zufall sein, aber ich glaub, so einer ist mir letztens hinterher gefahren."

„Das hast du gar nicht erzählt." Gudula wird hellhörig.

„Das habe ich in dem Trubel ganz vergessen zu erwähnen. Jetzt lasst uns das Geschäft abwickeln."

Mein Blick fällt auf eine Gruppe, die auf uns zukommt. Ein junger Mann schaut gespannt zu uns rüber, er stupst eine Frau mit kurzen weissblonden Haaren und Piercings im Gesicht an. Er flüstert ihr etwas zu, jetzt schaut sie ebenfalls zu uns rüber. Scheint, als wolle er sich hinter einem größeren Mann verstecken, während sie an uns vorbeilaufe. Was ich mir wieder zusammenreime, ich glaube, ich leide schon unter Verfolgungswahn. Japp hat unterdessen eine Aldi-Tüte aus seinem Aktenköfferchen geholt und lässt uns hineinschauen. Er bekommt von mir das Geld und ich bemerke, wie er zusehends unruhig wird.

„Ich glaube, ich habe da vorn unter den Bäumen Mareike gesehen. Sorry, meine Damen, wenn ihr noch Fragen habt, könnt ihr mich ja über Handy erreichen."

Schon ist er weg. Na das ging fix. Schnell verstaue ich die Tüte in meiner Einkaufstasche.

„Sag mal Gudula, hast du die Leute vorbeigehen sehen?"

„Nö, wieso?"

„Ich hatte das Gefühl, als würde uns das junge Pärchen beobachten."

„ Ich hab da gar nicht drauf geachtet, sondern mir eher Gedanken um Japs Frau gemacht. Denkst du, sie hat Patrizia auf dem Gewissen?"

„Es würde schon passen, sie ist eifersüchtig, denkt, die beiden haben ein Verhältnis. Dann will sie Patrizia ins Gewissen reden, sie geraten in Streit, Japps Frau sticht in ihrer Wut zu!" erkläre ich meine Theorie.

Gudula hat eine ähnlich schlüssige auf Lager: „Oder sie will Patrizia davon überzeugen, die Drogengeschäfte mit Japp zu beenden, sie geraten in Streit und Mareike ersticht sie!"

„Mmh, das klingt auch sehr überzeugend."

Zwei Möglichkeiten mit dem gleichen bösen Ende. Wir machen uns auf den Rückweg. Ich fühle mich gar nicht wohl, als ich mit dem ganzen Gras in der Tasche nach Hause fahre und verstecke den Beutel gleich im Schuppen unter den Auflagen für die Gartenmöbel. Den ganzen Nachmittag geht mir das Paar und die Frau von Japp nicht aus dem Kopf. Haben die uns wirklich beobachtet? Ist Mareike die Mörderin unserer Patrizia? Der arme Japp, der hat's zu Hause auch nicht leicht.

Kurz vor 18.00 Uhr klingele ich mit meiner Aldi-Tüte an Tür. Marianne, Gudula und Frieda trudeln ein. Irmgard hat schon alles vorbereitet. Es liegen diverse Utensilien auf dem Tisch, dazu noch Knabbereien und Schaumwein. Irmgard nimmt die Tüte in Empfang und holt Tabak dazu.

Ich hab von sowas ja gar keine Ahnung. Mein Vater hat mir früher von seiner Jugend erzählt. Als er die Kühe hütete und dabei Himbeerblätter rauchte. Das musste ich natürlich mit einer Freundin ausprobieren. Ich sag euch, das war mein erster und, bis vor kurzem, letzter Rauchversuch... Ein Likörchen ist mir lieber!

Aber egal, wir setzen uns und Frieda fragt interessiert: „So Irmgard, dann erklär uns mal, wie wir die Joints rollen!"

„Als erstes rollt man die nicht, sondern man baut einen Joint!" Oh, jetzt kommt wieder das Lehrer-Gen durch.

„Ich male das Gras zuerst in der Kräutermühle. Du, Frieda wiegst immer 0,3 g ab und tust die gleiche Menge Tabak dazu. Hier hab ich kleine Schälchen hingestellt."

Dann zeigt uns Irmgard wie man die Joints dreht, pardon baut. Die beiden Stoffe kurz im Schälchen mischen, dazu hat sie uns je ein Essstäbchen bereitgelegt. Dann die Mischung ins Papier, den Tipp fest zusammenrollen und auf die eine Seite des Papers legen. Das Papierchen kurz etwas an den Seiten zusammendrehen, damit es homogener wird. Zusammenkleben wie eine Schultüte, dazu steht ein Briefmarkenschwämmchen auf dem Tisch, dann mit dem Essstäbchen vorsichtig feststampfen und am dicken Ende das Papierchen zusammendrehen, fertig. Sieht ja gar nicht schwierig aus, wir probieren es und nach ein paar Problemen fluppt es auch. Wir sind halt Handarbeiterinnen, so können wir uns nach einer Weile dabei unterhalten. Wir erzählen den Dreien von unserem Treffen mit Japp, der Patientengruppe (das glauben wir jedenfalls) und unseren Vermutungen bezüglich Japps Frau. Gudula fragt mich, wie der Junge denn ausgesehen hat.

„ Groß, stämmig und rotblode kurze Haare."

Daraufhin erzählt Gudula, dass P.J. heute Nachmittag noch bei Tante Hermi angerufen hat. Er hat sich für morgen zum Besuch angemeldet. Zusammen mit seiner Freundin will er zum Kaffee kommen.

„Ist schon ein ulkiger Zufall, nicht wahr? Und von deiner Beschreibung her, war es P.J. der uns im Park beobachtet hat." schließt Gudula.

Das hat gesessen, es wird still im Raum. Frieda kommt als erstes eine Idee, „Wie wäre es, wenn Hermi ein oder zwei ihrer Joints an den alten Platz legt. Wenn die beiden dann zu ihr kommen, geht sie mal kurz aufs WC."

„Genau" unterbricht Marianne sie „dann haben sie genug Zeit, die Joints zu klauen. Wenn sie wirklich weg sind, wissen wir Bescheid."

„Super Idee" sagt Gudula. „Ich fahre sowieso noch mit dem Rad zu Hermi. Sie hat sich schon bereit erklärt, die Joints an die Frauen abzugeben. Als ich ihr sagte, dass wir sie heute abend machen, wollte sie gleich die Patientinnen anrufen, die warten alle sehnlichst auf eine Lieferung. Hermi hat am Montag Chemo, da trifft sie einige von ihnen."

Ich finde, es ist nicht gut, wenn Hermi die ganzen Joints zu Hause hat, wenn P.J. und seine Lara Kim kommen.

„Stell dir vor, die zwei finden das ganze Zeugs. Es wäre besser, wenn sie erst einmal bei Irmgard bleiben."

„Du hast Recht Ingeborg", sagt Irmgard. Boar, sie kann sich nicht an meinen Kurznamen gewöhnen, wenigstens stimmt sie mir zu. Die anderen sind einverstanden. Die Joints werden zu Ende gebaut und in 15-er Päckchen verpackt. Als wir kurz nach 20.00 Uhr fertig sind, wandert die Aldi-Tüte mit den Päckchen auf den Dachboden in eine Kiste mit Weihnachtsdeko. Gudula will trotzdem noch mit dem Rad zu Hermi um ihr unseren Plan zu erklären. Ich bin für heute bettreif, dass war eine ganz schöne Fummelei! Stricken ist mir viel lieber.

***

Kapitel 11 – Samstag

Nachts von Freitag auf Samstag gegen 01.30 Uhr über WhatsApp:

P.J.: hey babe, ich hab eine idee. Feier nicht zu lang mit deinen weibern im blues. Du musst morgen unbedingt für ich zu straatmann gehen!

Lara Kim: Kannst du das nicht selber erledigen?

P.J.: Nee, muss doch im bocholter krankenhaus als facility jobben, sonst krieg ich kein geld mehr auf staatsnacken.

Lara Kim: babe, hau nicht so auf die kacke, du tauscht glühbirnen und machst den eingangsbereich sauber!

P.J.: Jaja, egal. Du musst ein Vorhängeschloss von Abus 45/40 aus Messing in 50mm, 2 teppichmesser und einen bolzenschneider kaufen. Bekommst die knete wieder.

Lara Kim: Was willste denn damit?

P.J.: Erzähl ich dir morgen. Sei nicht so laut, wenn du zurück kommst!

Lara Kim: *bm!*

P.J.: jo, bis morgen!

Jetzt muss ich mich aber sputen, wir haben uns für 10.00 Uhr bei Frieda zur Kostümprobe verabredet. Bei Frieda türmen sich in einer Ecke des Flurs die Schaumgummiplatten, daneben mehrere Rollen ganz dickes Garn.

„Sowas hab ich ja noch nie gesehen. Wofür ist das denn normalerweise?"

„Ach, ich konnte mich nicht beherrschen und hab es im Internet gekauft. Das wird eigentlich zum stricken ohne Nadeln genommen. Wird aus Stoffresten wiederverwertet, du strickst mit den Händen bzw.

Armen. Das spendiere ich, wir müssen ja schließlich gut aussehen".

Als die übrigen Marples da sind, wird unsere Verkleidung sofort über unsere Winterjacken drüber drapiert. Erst eine Lage Schaumgummi und dann die dicke bunte Recyclingwolle. Ich schnappe mir ein schönes Grasgrün. Frieda nimmt ein leuchtendes Pink. Marianne ein jeansblau. Gudula ist ein weinrotes Wollknäuel und Irmgard ein fröhliches mausgraues Knäulchen… Naja, ich will ja nichts sagen, aber unsere Persönlichkeiten sind schon zu erkennen. Schade, das wir nicht noch große Stricknadeln haben, sieht aber auch so witzig aus und kalt wird uns so garantiert nicht.

Marianne erzählt: „Als ich vorhin an deinem Haus vorbeikam, Inge, habe ich einen roten Kleinstwagen mit holländischem Kennzeichen wegfahren gesehen zu haben."

„Wirklich?"

„Also ich bin überzeugt davon, dass die Holländerin die Mörderin ist." teilt uns Marianne mit.

So energisch hab ich sie selten gesehen. Gudula und Frieda stimmen ihr zu. Ich bin mir da nicht mehr so sicher, „Weiß nicht, ich hab's im Urin, dass dieser komische P.J. da ganz tief drinhängt. Irgendwas ist da faul." antworte ich, „Wisst ihr was? Wenn P.J. und diese Lisa, Laura nein Lara sowieso heute Nachmittag bei Tante Hermi sind, könnten wir mal bei St.-Vinzenz vorbeischauen."

„Und was sollen wir da tun, liebe Ingeborg? Ich kann dir leider nicht folgen." Irmgard kann es einfach nicht lassen...

„Wir gehen zu zweit zur Anmeldung und sagen, dass wir gern Pierre Jonathan Schmitz besuchen wollen."

Die Mädels sind zwar nicht meiner Meinung, aber Frieda will mit mir hingehen. Wir werden sehen, ob mich mein Gefühl trügt. Für heute abend verabreden wir uns bei Gudula. Sie wohnt in der Hardtstaße. Wir wollen uns vom „Grillhaus" Pizza bestellen und bisschen quatschen. Wir könnten ja auch zu Deitmer oder Hungerkamp gehen, aber da können wir halt nicht so gut über unsere Ermittlungen sprechen.

Ebenfalls 10.00 Uhr steht eine junge Frau, schmal gebaut mit raspelkurzen, leuchtend blau gefärbem Haar und Piercings in Augenbraue und Lippe vor dem Werkmarkt Straatmann und tippt in ihr Handy:

Lara Kim: *Hey babe, hab alles bekommen!*

P.J.: *Geil, gabs Probleme?*

Lara Kim: *Ja, aber ich war total cool. Als ich den bolzenschneider verlangt habe, hat der chef mich von oben bis unten angeguckt und gefragt, wieso ich den brauche.*

P.J.: *Was haste gesagt?*

Lara Kim: *Die Oma meines Freundes wird langsam tüddelich, hat die Schlüssel von ihrem alten Schloss am* *gartenhäuschen verschlampt und muss unbedingt was*

rausholen. Dann hab ich ihn bekommen.

P.J.: *Super, alles weitere heute abend, bd*

Lara Kim: *Bis dann*

Viertel vor drei fahren Frieda und ich mit dem Rad zum St.-Vinzenz-Hospital. Wir gehen zur Anmeldung und sagen unser Sprüchlein auf. Die nette Dame schaut im Computer nach und erklärt uns überrascht, dass Herr Schmitz schon vor zwei Monaten entlassen wurde. Jetzt sind wir ziemlich verdattert.

Ich stottere etwas wie, „Oh, da haben wir wohl was verwechselt." Wir entschuldigen uns und verlassen fast fluchtartig die Einrichtung. Ich bin knallrot. Frieda zieht mich draußen auf eine Bank beim Lama-Gehege.

„Da hast du mit deinem komischen Gefühl wohl doch ins Schwarze getroffen. Hab ich ehrlich gesagt nicht gedacht!"

„Ich versteh das nicht" sage ich zu Ihr. „Welchen Grund könnte er haben, seiner Oma zu verschweigen, dass er hier kein Patient mehr ist? Sie würde sich doch freuen, wenn er seine psychischen Probleme überwunden hat."

Jemand tritt von hinten an uns heran, wir drehen uns um. Es ist die nette Dame von der Anmeldung. Sie zündet sich eine Zigarette an und wispert: „Ich darf Ihnen ja eigentlich keine Daten weitergeben, aber Sie sind mir so sympathisch. Der Herr Schmitz kommt mit seiner Freundin noch einmal die Woche, am Freitag, in die Tagesklinik. Soviel ich weiß, wohnt er mit ihr in Rhede in einer Sozialwohnung in der Eichendorffstraße. Aber das wissen sie nicht von mir!" weg ist sie.

Gegen 18.00 Uhr trudeln wir alle bei Gudula ein. Ich muss schon sagen, es fiel mir sehr schwer, nicht sofort unsere Erkenntnis auf WhatsApp weiterzugeben. Ich will ja niemandem auf den Senkel gehen. Die kleine Emma ist ganz schön kurz gekommen in der letzten Woche. An meinem angenadelten Poncho für die Anja hab ich auch so gut wie nicht gearbeitet seit dem Mord an Patrizia. Schließlich haben wir zu ermitteln, frau muss Prioritäten setzen. Deshalb bestellen wir Pizza. Irmgard muss natürlich auf ihre Figur achten und nimmt einen Salat (meine Augen verdrehen sich ganz von selbst), wir anderen zählen heute abend keine Kalorien. Während wir aufs Essen warten, haben wir bei einem Glas Lambrusco (ich habe drei Flaschen aus meinem Vorrat mitgebracht) Zeit, die Neuigkeiten zu bereden. Als Frieda von unserem Nachmittag berichtet hat, ist Gudula dran.

„Tante Hermi hat vor einer Stunde angerufen. Ihr Enkel kam heute sogar pünktlich, zusammen mit seiner Freundin. Sie haben eine Weile bei Kaffee und Kuchen geplaudert. Hermi hatte das Gefühl, die beiden wollen auf „Lieb-Kind" machen. Meine Tante ist extra dreimal verschwunden. Aufs WC, dann musste sie die Katze suchen und nochmal auf WC".

„Aller guten Dinge sind drei" lässt sich Irmgard vernehmen. „Wisst ihr eigentlich woher dieses Sprichwort kommt?"

„Bisher nicht, aber das wirst du gleich ändern" kann sich Frieda nicht verkneifen.

„Es ist auf die alten Germanen zurückzuführen. Dort gab es DREIMAL im Jahr eine Gerichtsversammlung, das sogenannte Thing. Ein Angeklagter hatte dreimal die Möglichkeit, sich zu verteidigen. Und irgendwann wurde aus dem Thing unser Ding."

Ich grinse in mich hinein, ja ja, das Lehrer-Gen.

„Sehr interessant" sagt die Gudula. „Aber was ich eigentlich erzählen wollte: als sie gegangen sind, waren die Joints noch da. Ich versteh das nicht!"

„Das überrascht mich jetzt auch" bin fast ein bisschen enttäuscht.

„Vielleicht vermuten sie, das Hermi bzw. wir sie reinlegen wollen" sagt Gudula.

Mir fällt das Paar im Krankenhauspark ein. Nein, das habe ich mir garantiert nicht eingebildet, die Beschreibung von P.J. und der Termin bei der Tagesklinik stimmten.

„Ich kann nicht glauben, das der Pierre einfach so einen Menschen umbringt, auch wenn er labil ist! Bestimmt war es diese Holländerin," sagt Gudula.

Wir reden uns so langsam in Rage. Frieda ist meiner Meinung, die anderen favorisieren Mareike als Mörderin. Jetzt klingelt es an der Tür und unser Essen kommt. Mmh, lecker. Dazu der Lambrusco, der muss einfach sein bei italienischem Essen. Wir schwelgen in Käse, knusprigem Boden und Belag. Bis auf Irmgard, die ist jetzt neidisch, das sehe ich ihr an. Sie stochert lustlos in ihrem Salat und als Marianne ihre Pizza nicht schafft, bietet sie sich zur Restevertilgung an. Man soll schließlich nichts verkommen lassen! Wir sind beim letzten Wein, als Gudulas Handy klingelt. Es ist Hermi. Sie will die Joints schon morgen beim Karnevalsumzug verteilen. Hermi meint, bei dem Menschenauflauf fällt das nicht auf. Wir sind die Drogen los und die Frauen haben eine Sorge weniger. Irmgard will sie ihr morgen früh, wenn sie zum Bäcker fährt, vorbeibringen.

Satt und gaaanz leicht beschwipst radeln wir nach Hause.

***

Kapitel 12 – Sonntag

Endlich Faschings- ,nein, Karnevalssonntag, ich merke es mir schon noch irgendwann. Habe heute zusammen mit

Anja, Alex und Emma gefrühstückt. Alex hat bei Wissing Brötchen geholt. Anja und ich holen sie immer bei Stenneken. Das ist halt Geschmackssache. Die drei verkleiden sich als Fred ,Wilma und Pebbles Feuerstein. Die Kostüme hat Anja selbst geschneidert, besonders bei Emma sieht es so süß aus, in den blonden Haaren steckt ein kleiner Plastikknochen obendrin, der reinste Zucker. Ich erzähle ihnen, dass ich mich mit meinen anderen Freundinnen treffe. Als nächstes klingle ich bei Irmgard an, frage nach, ob sie die Medizin schon bei Tante Hermi abgeliefert hat. Schon passier, jetzt kann es losgehen.

Als ich bei Frieda ankomme, ist die Gudula schon da, Marianne und Irmgard klingeln in den nächsten Minuten. Wir wickeln uns gegenseitig das Schaumgummi um den Bauch (ein figurgünstiges Kostüm), danach bekommt jede ihre Wunschwolle drüber. Wir sehen toll aus. Es gibt eine kleine Diskussion, wo wir uns hinstellen. Marianne und ich und sind für das Paul-Gerhardt-Haus, da kann man sich gleich gegenüber beim Getränkemarkt Schüling ein Bierchen holen, ein Toilettenwagen steht im

Kreisverkehr. Gudula, Frieda und Irmgard sind für die Gudula-Kirche, bis dahin ist es nicht so weit zu laufen. Dort steht ebenfalls ein Toilettenwagen, was für uns als ältere Generation ein Pluspunkt ist. Die Getränkeauswahl ist durch „Altstadt" und „New Orleans" größer, meist steht da auch noch ein Imbisswagen. Wir beugen wir uns der Mehrheit und marschieren in Richtung Gudula-Kirche. Das Wetter ist stürmisch und regnerisch es, zum Glück sind wir dick angezogen mit Kapuzen an den Winterjacken.

Bei der Kirche ist schon Halli-Galli, es gibt Currywurst und Pommes und ein leckeres Bierchen. Ich seh den Walther, er bewundert unsere Kostüme. Selbst hat er nur eine rote Clownnase aufgesetzt und eine bunte, riesige Fliege um. Männer haben's ja nicht so mit dem Kostümieren. Halb eins setzt sich der Zug am Kirmesplatz in Bewegung, genug Zeit für einen Eierlikör und einen Aufgesetzten. Hermi kommt vorbei, ich hätte sie beinahe nicht erkannt, in ihrem Fliegenpilzkostüm.

„Habe schon die gute Hälfte der Ware an die Frau gebracht" erzählt sie und bekommt gleich ein Likörchen. „Die anderen treffe ich beim evangelischen Kreisverkehr. Das fällt überhaupt nicht auf, bei den Menschenmassen. Ich hab alles schön in Geschenkpapier eingepackt mit nem Schleifchen dran."

„Tolle Idee Hermi, dann sieht es aus, als würdest du ihnen ein Präsent überreichen", sag ich.

Frieda meint lachend: „Bei uns alten Schachteln, kommt sowieso niemand auf dumme Gedanken!"

„Also ich bin froh, wenn wir das Zeug los sind", lässt sich Marianne vernehmen, ängstlich wie immer.

„Ach, da passiert schon nichts, sei nicht so ne Schissbuxe." hält Irmgard dagegen, der Eierlikör macht sogar unsere Exlehrerin locker.

Die Musik wird lauter, man hört das Gegröhle von weitem. Irmgard ist ganz aus dem Häuschen und ruft „Denn Zuch kümp, Achtung".

Na sowas, unsere Irmgard ist ja ein richtiges Partymäuschen. Da hör ich auch schon den Einheizer auf dem ersten Wagen, Ralli-Krawalli, heisst er. Ich muss schon sagen, es ist eine tolle Stimmung. Die Musik fetzt, sogar Schlager sind dabei. Unser Jagdfieber ist geweckt, wir bücken uns nach Zuckerle, hier sagt man Kamelle, die von den Wagen geworfen werden. Kaputter Rücken hin oder her, jetzt muss man handeln! Kriegt dann alles die Emma, außer den Eiskratzer und den Flaschenöffner.

Plötzlich hab ich was hartes im Rücken, ich dreh mich um. Hinter mir steht eine Clownin und bischbert mir mit holländischem Akzent ins Ohr

„Lass in Zukunft meinen Mann in Ruhe, sonst war das der letzte Karnevalsumzug den du erlebt hast!" Mir läuft es augenblicklich kalt den Buckel runter, muss mich an Frieda festhalten, so zittern mir die Knie.

„Was hast du denn Inge, ist dir nicht gut?"

„Hast du den Clown nicht gesehen?" frag ich sie. „Das muss Japps Frau gewesen sein, sie hat mich bedroht!"

Bin noch ganz wacklig und würde mich am liebsten hinsetzen, aber das ist nicht möglich. Da sind so viele Menschen, die den Wagen und Fußgruppen zuwinken und mitschunkeln, ich komm beim besten Willen nicht raus. Die Clownin ist nirgends zu sehen. Der Prinzenwagen mit Thomas dem II. und Kerstin der I. und dem Kinderprinzenpaar kommt angerollt.

Frieda drückt mich „Die wollte dir nur Angst machen, hier kann sie uns eh nichts tun." Das beruhigt mich fürs erste.

Wir prosten uns mit Prosecco zu, der Umzug ist klasse, bis auf die Wagen, die nur laute Krachmusik haben und sich selber feiern. Alle gucken traurig, wenn nichts aus den Wagen geworfen wird, zum Glück sind das die Ausnahmen. Als der letzte Wagen fast bei uns ist, muss ich unbedingt aufs Klo und Gudula tritt auch schon von einem Bein aufs andere.

„Lass uns pullern gehen, eh alle wollen" sagt sie. Wir drängeln uns durch zum Toilettenwagen. Erleichtert wollen wir den Rückweg antreten, als ein Pirat an Gudula herantritt.

„Hallo Tante Gudula, ich muss was Wichtiges mit dir besprechen!" Sagt er und hält sie am Arm fest.

Gudula stutzt „Hallo Pierre, ich hab dich gar nicht gleich erkannt, hat das nicht Zeit bis morgen?"

„Nein, es ist mega wichtig, deine Freundin kann mitkommen."

Komisch, was will dieser P.J. von uns. Er geht voraus, über den Kreisverkehr in Richtung Krankenhaus.

„Wo willst du denn mit uns hin" fragt Gudula.

„Zu der Bank beim Bienenhaus, da könnt ihr euch setzen."

Im ganzen Park ist kein Mensch zu sehen. Er macht aber nicht hier auf der Wiese halt, sondern geht voraus bis in den Waldweg. Neben dem Imkerhaus und dem kleinen

Häuschen vom Nabu. Dort an einer Bank bleibt er stehen und fragt uns doch tatsächlich:

„Ich habe mitbekommen, dass ihr Marihuana von so nem Typ gekauft habt. Würde euch gern was davon abnehmen, soll auch nicht umsonst sein."

„Du Pierre" sagt Gudula, „wir haben das nicht zu unserem Vergnügen gekauft."

„Jetzt stellt euch mal nicht so an. Ich bezahl es euch auch."

Jetzt misch ich mich ein. „Genau wie unsere Freundin Patrizia, geben wir den Stoff nur an Leute ab, die es gegen Ihre Schmerzen rauchen. Kanntest du Patrizia?"

In mir reift ein Verdacht. „Hast du Patrizia…"

Gudula steht mir gegenüber, mit dem Blick zum Wald. Sie bekommt große Augen, im nächsten gleichen Moment macht es laut „Dong" in meinem Kopf. Alles wird schwarz

***

Kapitel 13 – immer noch Sonntag

Ich, als Erzählerin, übernehme notgedrungen für Inge:

Lara Kim springt aus einem Gebüsch und haut Inge mit einem Ast k.o. Ein spitzer Schrei von Gudula, gleichzeitig wird sie von P.J. mit einer Hand von hinten festgehalten, mit der anderen Hand hält er ihr den Mund zu... Lara holt aus ihrer Tasche zwei Spritzen und zwei Ampullen hervor, rauf denen „Propofol"steht.

„Kannst du das auch wirklich?" fragt P.J. „Du durftest doch als Krankenschwester-Azubine bestimmt noch keine Spritzen setzen."

„Das Mittel wird bei Leuten genommen, die ins künstliche Koma gelegt werden, wirkt sofort. Außerdem wäre ich eine supergeile Schwester geworden, wenn die dämlichen Patienten sich nicht ständig beschwert hätten! Natürlich kann ich das, ist total easy".

„Wie lange wirkt es ungefähr?"

„Hab ich dir doch gesagt, ca. ne Viertelstunde!"

P.J. schlitzt Gudula die Winterjacke am Arm mit dem Teppichmesser auf. „Halt deine Schnauze, Tante, dann passiert dir auch nichts. Du machst nur ein schönes Nickerchen".

Gudula hat viel zu viel Angst um sich zu wehren. Lara Kim setzt die Spritze an und injiziert das Mittel in die Vene der Armbeuge. Gudula sackt in sich zusammen. Auch Inge wird so gänzlich außer Gefecht gesetzt wurde. Zwei schlafende Damen auf dem Waldboden.

„Ein Glück, dass du in deinem Krankenhaus bisschen was unauffällig mitgehen lassen hast, Babe!" sagt P.J. „Jetzt

gib mir den Bolzenschneider, ehe jemand die alten Schabraken hier liegen sieht."

Lara Kim kramt in ihrem Rucksack und holt das Werkzeug heraus. P.J. geht zum Gartenhäuschen des Nabu, knackt das Schloss. Lara Kim schnappt sich Inge an den Armen, schleift sie ins Häuschen. P.J. kommt mit Gudula um die Ecke. Dann bringt er das neue Schloss an. Im ganzen Park ist niemand zu sehen. Lara blickt zufrieden auf das Nabu-Haus, das genauso aussieht wie zuvor.

Sie sagt: „Das lief ja voll nach Plan, jetzt suchen wir das Dope erst bei Gudula, wenn es da nicht ist, gehen wir zu dieser blöden Ingeborg. Hey, krieg ich mal ein Lob, fürs Spritzen?"

„Hast du krass hinbekommen."

Ihre Räder haben sie an den Bäumen geparkt und fahren in Richtung Hardtstraße. Bis dahin sind die Straßen frei, kommen sie zügig voran.

Unsere beiden Damen werden schon schmerzlich vermisst. Irmgard, Marianne und Frieda haben den ganzen Platz um die Gudula-Kirche abgesucht.

„Marianne, wann hast du die beiden zuletzt gesehen?" fragt Irmgard.

„Als sie vor einer halben Stunde aufs Klo gehen wollten. Ich dachte sie holen sich noch was zu trinken. Frieda wird langsam unruhig,

„Gudula ist vorhin von einem Piraten angesprochen worden. Aber ich habe mir nichts dabei gedacht, hab es zufällig von weitem gesehen."

„Vielleicht sollten wir doch die Kripobeamten anrufen" wirft Marianne vorsichtig ein.

„Besser ist das, ich habe die Karte von der Kommissarin dabei." sagt Irmgard resolut.

In diesem Moment wird sie von Walther angestupst. „Hallo, ihr seid doch die Freundinnen von Inge? Ich such sie schon die ganze Zeit."

„Wir suchen sie ebenfalls" erwidert Irmgard.

„Ich habe sie mit einer Frau und einem Piraten in Richtung Krankenhaus laufen sehen, aber ich kann mich auch irren," sagt Walther.

„Wieder dieser Pirat, lasst uns die Polizei rufen" meldet sich Marianne weinerlich zu Wort.

„Ja, das kommt mir jetzt auch verdächtig vor. Hoffentlich ist ihnen nichts passiert." sagt Frieda.

Gesagt, getan. Einen Anruf später machen sich die vier Frauen mit Walther im Schlepptau auf den Weg in Richtung Krankenhaus. Die Kommissarin hat gesagt, sie fordert vorsichtshalber auch einen RTW an.

Unterdessen radeln P.J. und Lara Kim in die Hardtstraße zu Gudulas Haus. Hier ist es wie leergefegt, sie stellen ihre

Räder abseits der Straße im Garten ab und gehen zur Hintertür.

„Die alte Schrapnelle hat doch garantiert irgendwo einen Ersatzschlüssel gebunkert" flüstert Lara.

„Ja wahrscheinlich, aber ich hab keine Lust rumzusuchen, vielleicht können wir zum Fenster rein".

„Babe, guck mal. Die Hintertür ist uralt, das Glas schlagen wir mit dem Bolzenschneider ein!"

„Hast recht, das geht am schnellsten."

Er schlägt die Scheibe ein, sie klettert durch den Türrahmen, öffnet und schon stehen beide in Gudulas Haus.

Unser Quintett pirscht nach allen Seiten Ausschau haltend durch den Park.

Frieda raunt: „Schaut mal, was da auf dem Waldweg liegt."

Beschleunigten Schrittes (rennen kommt nicht mehr so gut) gehen sie auf den weinroten Fleck zu. Es ist ein Stück des Recyclinggarns von Gudulas Kostüm.

„Au weia" wispert Marianne mit schreckgeweiteten Augen.

„Sie müssen hier irgendwo sein," ruft Irmgard über das Tönen des Martinshorns der sich nahenden Polizei. Marianne schaut zum Imkerhäuschen... nichts! Sie läuft weiter zum NABU-Gartenhaus, während die anderen die Büsche und das Wäldchen in der Nähe des Wollstückes absuchen.

„Kommt schnell her, ich hab sie gefunden" ruft Marianne aufgeregt.

Sie rüttelt an der Tür des Gartenhäuschens, leider ohne Erfolg. Das neu angebrachte Schloss ist bombensicher. Quer über den Rasen kommt der Zivilwagen angebraust.

Ein RTW folgt. Frieda steht winkend neben Marianne. Irmgard kommt mit Walther aus dem Waldweg gelaufen, sie hält eine Tüte in der Hand.

Außer Atem gelangen sie zeitgleich mit Kommissar Wohlbeck und Kommissarin Hülskamp am Häuschen an. „Das hier haben wir im Papierkorb gefunden, schauen Sie bitte mal." Irmgard reicht dem Kommissar die kleine Tüte, in ihr befinden sich die Spritzen und die Ampullen.

„Sie haben die Beweismittel hoffentlich nicht angefasst?" fragt er Irmgard streng.

„Nein natürlich nicht, ich hatte meine Lederhandschuhe an!" antwortet Irmgard etwas überheblich.

„Die beiden Frauen liegen hier drin, hoffentlich sind sie nicht tot. Sie bewegen sich nicht." erklärt Marianne den Polizisten.

Frau Hülskamp schaltet blitzschnell und holt einen Bolzenschneider aus dem Wagen. Das Schloss wird geknackt und der Notarzt untersucht unsere Heldinnen.

Er ruft über Funk sofort einen zweiten Rettungswagen. Der Kommissar zeigt ihm die Ampullen, worauf der Arzt diagnostiziert, dass die Symptome beider Frauen, höchstwahrscheinlich durch dieses Mittel ausgelöst wurden.

Glücklicherweise sind die Vitalfunktionen stabil. Da Inge eine Platzwunde am Hinterkopf aufweist, wird sie als erstes mit Infusion und Sauerstoff ins Bocholter Krankenhaus gebracht. Gudula liegt schon auf einer Behelfstrage, als sie zu sich kommt. Die Kommissarin eilt sofort zu ihr. Gudula ergreift überraschend fest die Hand der Kommissarin.

„Mir ist sooo schlecht" nuschelt sie „wieso sind sie zweimal da, Frau Kommissarin?"

„Frau Hartmann, Sie wurden betäubt. Gleich kommt ein Rettungswagen und bringt sie ins Krankenhaus."

Der Sanitäter räuspert sich „Ich muss mich jetzt wirklich um die Frau kümmern!"

„Moment noch" lässt sich Gudula vernehmen, „Wie geht es Inge?"

„Sie ist schon auf dem Weg ins Krankenhaus, es geht ihr den Umständen entsprechend."

Die Kommissarin wird vom Sanitäter resolut bei Seite geschoben. Der zweite Rettungswagen trifft ein und Gudula wird in die Klinik transportiert. Kriminaloberkommissarin Hülskamp schaut sich noch genau im Gartenhaus um, und ruft die Spurensicherung.

Etwas verloren stehen die übriggebliebenen Frauen mit Walther am Rand der Szenerie. Kriminalhauptkommissar Wohlbeck tritt zu ihnen.

„Sie sagten etwas von einem Piraten, mit dem die zwei unterwegs waren?"

„Ja" Frieda meldet sich zu Wort „ich habe Gudula mit ihm sprechen sehen. Walther hat mitbekommen, wie sie mit ihm weggingen."

„Haben Sie eine Ahnung, wer das gewesen sein könnte?"

„Ich nehme an, das war Pierre Jonathan Schmitz, der Enkel von Hermine Schmitz."

„Ich glaube, Sie drei sind mir jetzt einige Erklärungen schuldig." Er schaut zu Walther „Wie sind Sie in die ganze Angelegenheit verwickelt, Herr…"

„Walther Schulze ist mein Name, ich kenne Ingeborg Schneider und habe sie beim Umzug vermisst."

„Aha, geben sie Frau Hülskamp ihre Daten, danach dürfen Sie gehen."

Walther möchte auch wirklich nicht länger hier bleiben und macht sich so schnell wie möglich vom Acker, nein aus dem Park – Scherz muss sein!

Unterdessen haben P.J. und Lara das halbe Haus Gudulas vergeblich nach Drogen durchkämmt!

„So ein Mist", schimpft P.J. „Wo hat die dumme Kuh das Dope versteckt!"

„Lass uns noch die oberen Zimmer durchsuchen! Dann fahren wir zu der anderen Alten. Irgendwo muss es ja sein!" erwidert Lara Kim ungeduldig.

Die Kommissare bleiben mit Irmgard, Frieda und Marianne im Park zurück. Ein Streifenwagen mit zwei Beamten wartet ein paar Meter entfernt auf Anweisungen.

„So meine Damen, was haben Sie uns bezüglich dieses H. Schmitz zu sagen?"

Irmgard ist sich darüber bewusst, dass jetzt schnell gehandelt werden muss, und zwar von der Staatsgewalt. „Wir gehen davon aus, dass P.J. Schmitz und seine Freundin Lara Kim, ihren Nachnamen wissen wir nicht, hierfür verantwortlich sind."

Marianne und Frieda sieht man die Erleichterung an, dass Irmgard das Reden übernimmt. „Wir vermuten, dass er bzw. die beiden über Gudula und Ingeborg an Marihuana kommen wollten."

Der Kommissar schaut Irmgard, Frieda und Marianne mit stählernem Blick an, Marianne und Frieda gucken betreten zu Boden. „Wie kommen die Verdächtigen denn darauf?"

„Wir denken, H. Schmitz und seine Freundin vermuten, dass wir Gras bzw. Joints an Krebspatientinnen wie Hermine Schmitz, seine Oma, verkauft haben."

„Entspricht das denn der Wahrheit?" hakt Kommissar Wohlbeck nach.

Alle drei Frauen schütteln synchron den Kopf und Irmgard beeilt sich, entschieden zu verneinen.

„Na, das wollen wir mal sehen. Ich werde sofort veranlassen, dass ihre Häuser auf Drogen durchsucht werden. Sie können mit den Beamten im Streifenwagen gern zu ihren Freundinnen ins Krankenhaus fahren."

Jetzt bekommt selbst Irmgard große Augen, „Brauchen sie dafür nicht einen Durchsuchungsbeschluss?"

„Bei Gefahr im Verzug geht das auch ohne staatsanwaltliche Anweisung. Und die Gefahr besteht, dass Sie Beweismittel in der Zwischenzeit vernichten."

Nicht mehr ganz so selbstsicher antwortet Irmgard stellvertretend, „Dann tun Sie, was Sie tun müssen. Vielen Dank, dass Sie uns ins Krankenhaus fahren lassen. Suchen sie jetzt H. Schmitz und seine Freundin?"

„Nicht das es Sie etwas anginge, aber ich fahre mit Kommissarin Hülskamp zum Haus von Gudula Hartmann und gegebenenfalls zu Frau Schneiders Wohnung, jetzt sofort. Wir sprechen uns noch!"

***

Kapitel 14 – Sie erraten es: Sonntag

Gudula, Marianne und Frieda werden von den Streifenpolizisten zum Krankenhaus gefahren. Die Beamten begleiten unsere Damen ins Krankenhaus, halten allerdings etwas Abstand. Schon im Wagen können sich die drei nur schwer beherrschen, nicht über die Hausdurchsuchungen zu sprechen. Die beiden Polizisten warten glücklicherweise vor der Intensivstation. Gudula und Inge bekommen Infusionen bekommen und Sauerstoff über die Nase. Gudula schlägt die Augen auf, als Marianne ihre Hand ergreift.

„Ein Glück das Ihr hier seid, mir ist immer noch ganz schwindelig," nuschelt Gudula. „Geht es Inge gut? Ich kann sie nicht genau erkennen, sie liegt mir doch gegenüber, oder?"

Frieda hilft weiter „Ja, ihr Monitor sieht für meine Begriffe gut aus, ähnlich deinem." Irmgard hat sich neben Inges

Bett gesetzt und ihre Hand genommen „Inge was machst du nur für Sachen?" sagt sie leise.

Die beiden Kommissare sind an Gudulas Haus angekommen. Sie stellen fest, dass die Hintertür aufgebrochen und alles gründlich durchwühlt wurde. Im Haus ist niemand mehr. Hülskamp teilt sofort seinem Team mit, das hier Spuren gesichert werden müssen. Sie fahren weiter zu Inges Einliegerwohnung. Zwei Fahrräder lehnen an der Hecke. Vorsichtig steigen sie aus, beobachten wie P.J. und Lara durch die eingeschlagene Balkontür in die Wohnung eindringen. Mit gezogenen Waffen schleichen sie sich an die Tür heran. Lara und Pierre sind dabei, das Wohnzimmer auf den Kopf zu stellen, als sie ein scharfes

„Polizei, keine Bewegung" unterbricht. Das Gaunerpaar nimmt sofort die Hände hoch, dreht sich langsam zu den Beamten um. „Wir nehmen Sie wegen Einbruchs in diese Wohnung fest. Sie haben das Recht zu schweigen. Alles was sie jetzt sagen, kann vor Gericht gegen Sie verwendet werden." Der Kommissar ist zu P.J. getreten, die Kommissarin zu Lara. Die Handschellen klicken.

Ich gebe ab an Inge.

Da bin ich wieder. Habt Ihr gehört was Irmgard gesagt hat? Ich schlage die Augen auf, war schon länger nur noch am dummeln, aber da mir so schwummrig ist, hab ich sie einfach noch zu gelassen.

„Irmgard, du hast mich ja Inge genannt. Steht's so schlecht um mich?"

„Inge geht es dir gut?" ruft Irmgard erleichtert.

Frieda und Marianne eilen an ihr Bett, Gudula schiebt sich vorsichtig etwas höher.

„Ja, Unkraut vergeht nicht. Was ist denn passiert? Ich kann mich nur noch daran erinnern, dass ich P.J. gerade fragen wollte, ob er Patrizia auf dem Gewissen hat. Dann dachte ich, mir fliegt der Kopf weg und alles wurde dunkel."

Irmgard, Frieda und Marianne erzählen im Wechsel alles.

Gudula steht der Mund offen, sie sagt leise: „Die Polizisten warten draußen und unsere Häuser werden gerade durchsucht?"

Irmgard antwortet, „Ich befürchte das entspricht der Wahrheit..."

***

Kapitel 15 – endlich Montag

Ihr könnt Euch nicht vorstellen, wie erleichtert ich bin. Gudula und mir geht es wieder so gut, dass wir Bäume ausreißen könnten, also so einjährige Setzlinge, wir wollen mal nicht gleich übertreiben. Gestern saßen wir noch eine ganze Weile zusammen. Ihr wollt sicher wissen, was die Hausdurchsuchung bei Irmgard ergeben hat. Irmgard hatte einen Joint im Wohnzimmer liegen gelassen, den wollte sie sich nach dem Umzug in Ruhe genehmigen. Drei hat sie immer noch zwischen ihrer Weihnachtsdeko auf dem Dachboden versteckt. Bei unserem Selbstversuch haben wir wohl fünf Stück geraucht (so viel, das hätte ich nicht gedacht). Einen Joint hat sie in der Zwischenzeit selbst geraucht. Der Dachboden wurde wohl nicht so genau unter die Lupe genommen. Heute morgen werden wir entlassen, die Abschlussuntersuchung ist schon erledigt, wir haben keine Schäden zurückbehalten, ich muss nur noch einen kleinen Kopfverband tragen. Sieht nicht gerade kleidsam aus, aber was soll's.

Gudula und ich fahren mit dem Taxi nach Hause. Die Frau Kommissarin ließ uns schon mitteilen, das in unsere Häuser eingebrochen wurde. Da die Spurensicherung schon da war, können wir wieder nach Hause, meine Balkontür und Gudulas Hintertür wurden notdürftig dicht gemacht. Weiterhin bestellt sie uns alle fünf für 14.00 Uhr auf die Wache in Rhede. Ein bisschen mulmig ist mir schon. Hoffentlich werden wir nicht noch wegen Behinderung der Polizeiarbeit bestraft. Aber ganz ehrlich und bei aller Liebe, ohne unsere Ermittlungen hätten die den Fall doch nie gelöst.

13.55 Uhr treffen wir uns gemeinsam vor der Wache, wir haben alle etwas Schiss reinzugehen. Irmgard kommt auf mich zu, umarmt mich (hui) und sagt, „Liebe Ingeborg, geht es dir denn schon wieder so gut, dass du das schaffst?"

„Ja, das bekomm ich schon hin, du sagst ja heute wieder Ingeborg, hatte ich Fieberfantasien? Ich dachte, gestern hättest du mich endlich Inge genannt?"

„Tja, ungewöhnliche Situationen erfordern ungewöhnliche Ansprachen!" dabei zwinkert sie verschwörerisch mit dem rechten Auge. Diese Irmgard, ich glaube sie mag mich wirklich. Aber jetzt müssen wir rein.

Wir werden bereits erwartet. „Nehmen Sie Platz, meine Damen" spricht uns Kriminalhauptkommissar Wohlbeck an.

Es wird sogar Kaffee, Tee oder Wasser angeboten, na dann kommen wir wohl doch nicht in den Knast...

„Wir möchten Sie über die gestrigen Ereignisse unterrichten. Nicht dass das unsere Pflicht wäre, aber da sie so engagiert bei der Sache waren, ist es uns ein Anliegen. Wir haben Pierre Jonathan Schmitz und Lara Kim Sträter in Ihrer Wohnung, Frau Schneider, beim Einbruch auf frischer Tat ertappt, wie sie ja bereits erfahren haben. Später in der Wache wurden ihnen die

Fingerabdrücke genommen und im Anschluss wurden sie getrennt von einander befragt. Sie haben uns ungefähr das gleiche erzählt, wie Sie Frau Willing."

Er spricht Irmgard jetzt direkt an. „Den einen Joint, den wir bei Ihnen im Wohnzimmer sicher gestellt haben, werten wir als Eigenbedarf. Sie müssen mit keinen polizeilichen Konsequenzen rechnen!"

Irmgard sitzt jetzt nicht mehr ganz so steif auf ihrem Stuhl. Frau Kommissarin Hülskamp übernimmt. „Bei der Befragung gaben beide an, sich an besagtem Abend während ihres Handarbeitskreises im Paul-Gerhardt-Haus versteckt zu haben. H. Schmitz und Frau Sträter haben über seine Großmutter etwas von den Joints zur Schmerzlinderung mitbekommen. Frau Westerhoff wurde schon einige Zeit von den beiden beobachtet. Dabei hat das Paar festgestellt, das Patrizia oft als letzte nach dem Handarbeitskreis aus dem Gemeindehaus kam und abschloss. Als sie an diesem Abend die Kirche verlassen hatten, schlichen sie sich zu Frau Westerhoff in den Raum. Das Paar wollte sie überreden ihr Marihuana zu verkaufen. Wer der Zwischenhändler der Drogen war, wissen Sie natürlich nicht?" fragt sie nach.

An dieser Stelle werde ich dann doch etwas keck und sage „Nein, woher sollten wir das denn wissen?"

„Wir dachten es uns. Frau Westerhoff ließ sich jedenfalls, zu ihrem Unglück, nicht überreden. An diesem Punkt beschuldigen die beiden sich gegenseitig, die Nerven verloren und zugestochen zu haben. Da wir aber den Fingerabdruck sichern konnten, musste Frau Sträter schließlich den Mord zugeben. Sie war wohl so in Rage, dass sie Frau Schneiders Stricknadel vom nächsten Stuhl nahm und zustach…

Es ist jetzt still im Raum. Ich hab's mir ja gedacht. Vielleicht hätte ich zur Polizei gehen sollen, statt Facharbeiter für Schreibtechnik bei MZ in Zschopau zu lernen! Der Kommissar berichtet uns weiter, dass Frau Sträter aus Bocholt stammt.

Da rutscht es Gudula heraus „Eene ut Bokelt, dat is jo kloar!" sie hält sich sofort die Hand vor den Mund und erntet einen vernichtenden Blick von H. Wohlbeck.

„Lassen Sie mich nicht bereuen, so offen mit Ihnen gesprochen zu haben, sonst hat ihre Einmischung doch noch ernste Konsequenzen. Alles was heute in diesem Raum gesagt wurde, muss in diesem Raum bleiben. Haben wir uns richtig verstanden?"

Er schaut in fünf eifrig nickende Gesichter. Wir dürfen uns verabschieden, aber der Kommissar muss noch einmal nachschieben: „Und denken Sie in Zukunft genau darüber nach, welchen Freizeitaktivitäten Sie nachgehen. Ich möchte Sie alle hier nicht wiedersehen".

Bei Frau Hülskamp zuckt es verräterisch im Gesicht. Sie bringt uns nach draußen und wir sind entlassen.

Darauf müssen wir einen Kaffee trinken, wir gehen zum „Kaffeefleck" rüber. Ein Tisch ist frei, genau passend für uns. Von der ganzen Aufregung sind wir total unterzuckert, so wird neben dem Heissgetränk auch noch ein Stück Kuchen geordert. Plötzlich klingelt mein Handy, ich schau drauf, es ist Japp.

„Hallo Inge, wie geht es Euch? Ich habe in den Nachrichten gehört, dass in Rhede gestern ganz schön was los war."

Ich gehe raus, muss ja nicht jeder mitbekommen. Dann erzähle ich ihm leise die Kurzfassung.

„Da habt Ihr ja was erlebt. Ich muss auch was mitteilen. Ich hatte gestern eine Aussprache mit Mareike. So langsam bekam ich Angst, dass sie was mit dem Tod von Patrizia zu tun hat."

„Ja, wir haben deine Frau auch verdächtigt", gebe ich zu.

„Sie hat mir erzählt, dass sie das mit den Drogen rausbekommen hat und vermutete, dass ich ein Verhältnis mit Patrizia habe. Sie glaubte mir aber schließlich, dass es nicht so war. Allerdings hat sie mir das Versprechen abgenommen, keine Drogen mehr zu verkaufen. Ich kann euch also nicht mehr beliefern, sorry."

„Ich glaube, wir hatten erst einmal genug Aktion, dann müssen sich die Patientinnen wohl doch ein Rezept für medizinisches Marihuana besorgen. Mach Dir keine Gedanken Japp."

Ich gehe zurück ins Kaffee. Die Vier schauen mich schon gespannt an, die dampfenden Tassen vor sich, der Kuchen steht auch schon da.

Ich erstatte Bericht, irgendwie sind wir doch erleichtert, dass wir keine Dealerinnen mehr sind... Sind wir deshalb in Hochstimmung? Ich fühl mich pudelwohl mit meinen Freundinnen. So ein Abenteuer ist der reinste Jungbrunnen.

Bitte vergesst nicht, was ich Euch erzählt habe, muss unbedingt unter uns bleiben. Wenn ihr zufällig in Chemnitz meinen Sohn oder meine Schwiegertochter trefft, erzählt ihnen bloß nichts von meinen Abenteuern, sonst muss ich am Ende noch zu denen ziehen. Das will ich aber nicht, mir gefällt es hier. Wenn wir uns mal in Rhede sehen, sprecht mich ruhig an. Ich bin die mit den kurzen, roten Haaren, Brille und der fluffigen Figur. Vielleicht habt Ihr ja ein Problem, bei dem unser Miss-Marple-Club Euch helfen kann, bei einem guten Dibbel Kaffee bequatschen wir dann alles

Tschüssi, Eure Inge

ENDE

Handelnde Personen

Handarbeitsgruppe:

Ich, Inge Schneider	66 Jahre	aus dem Erzgebirge
Gudula Hartmann	80 Jahre	aus Rhede
Frieda Kowalski	67 Jahre	aus dem Ruhrpott
Irmgard Willing	72 Jahre	aus Schlesien
Marianne Reismann	71 Jahre	aus Schlesien
Patrizia Westerhoff	50 Jahre	aus Rhede

Weiterhin: Helga (81 J., Rhede), Käthe (80 J., Rhede), Franziska (68 J., Ostpreußen) und Hannah (70 J., Schlesien)

Walther Schulze	Verehrer von Inge
Anja	Tochter von Inge
Alex	Inges Schwiegersohn

Emma   Enkelin von Inge

Kriminaloberkommissarin Evelyn Hülskamp

Kriminalhauptkommissar Harald Wohlbeck

Hermi (Hermine) Schmitz   Tante von Gudula

P.J. (Pierre Jonathan) Schmitz   Enkel von Hermi

Lara Kim Sträter   Freundin von P.J.

Lissi Holtkamp   Patrizias Tante

Heidi Terörde   Nachbarin von Lissi

Japp de Jong   Dealer / Vertreter

Mareike de Jong   Ehefrau von Japp

Liebe Leserinnen und Leser!

Ich hoffe, Sie hatten Spaß an meinem ersten kleinen Krimi. Wie sicher viele von Ihnen festgestellt haben, gibt es alle Orte auch in Wirklichkeit. Die handelnden Personen wurden von mir erfunden. Falls Sie gewisse Ähnlichkeiten mit sich oder lebenden Menschen bemerken, ist das reiner Zufall. Ich habe mich bemüht, genau zu recherchieren, etwaige Fehler nehmen Sie bitte als dichterische Freiheit.

Ich möchte mich bei meiner Schwester, Damaris Meyer, bedanken. Sie gab mir viele schreib- und medizinische Tipps. Meine Familie hatte stets ein Ohr für mich und half mir unter anderem technisch weiter. Last but not least, bei meiner Freundin und Nachbarin. Sie brachte mich erst auf die Idee ein Buch zu schreiben.

Falls sie mit mir Kontakt aufnehmen möchten, hier meine Email-Adresse: Evas.krimi@gmail.com